U0898858

2020中国诗歌精选

主　编——王　蒙
分卷主编——宗仁发

诗歌

辽宁人民出版社

图书在版编目（CIP）数据

2020中国诗歌精选 / 宗仁发分卷主编. —沈阳：辽宁人民出版社，2021.1
（太阳鸟文学年选 / 王蒙主编）
ISBN 978-7-205-10028-5

Ⅰ. ①2… Ⅱ. ①宗… Ⅲ. ①诗集—中国—当代 Ⅳ. ①I227

中国版本图书馆CIP数据核字（2020）第235762号

出版发行：辽宁人民出版社
地址：沈阳市和平区十一纬路25号 邮编：110003
电话：024-23284321（邮 购） 024-23284324（发行部）
传真：024-23284191（发行部） 024-23284304（办公室）
http://www.lnpph.com.cn
印　　刷：辽宁新华印务有限公司
幅面尺寸：170mm×240mm
印　　张：14
字　　数：215千字
出版时间：2021年1月第1版
印刷时间：2021年1月第1次印刷
责任编辑：赵维宁　高　丹
装帧设计：丁末末
责任校对：吴艳杰
书　　号：ISBN 978-7-205-10028-5

定　　价：58.00元

太阳鸟文学年选
编辑委员会

对他人的爱与诗歌

蓝　蓝

如果说互联网的出现，交通工具的迅捷，各国文化的交流和图书的翻译出版，拉近了各个国家和民族的距离，我仍然认为，这一切都是最表面的现象。事实上，在今天的世界，国家和民族的隔离依旧非常严重，各种文明和文化的差异导致的问题也越来越严重。固然，我们受惠于各国的翻译家为我们翻译出版的异域的书籍，使得我们能够了解到还有另一种生活，还可以用另一种方式要求自己，以及学习并认识到属于人类的各种丰富的思想精神，但凡此种种，无不是为我们提供了某种更为广阔的参照，以衡量我们自身的现实状况和创作实践。

一个中国诗人或许会关注在非洲发生的事情，并在诗歌中表达出来，但多是出于人道主义或者某种感同身受的声援和同情，正如一个欧洲诗人对阿拉伯国家的书写一样。真正能写出最独特、最真实感受的，当然是诗人自己笔下身边的现实。和某些更多地关心词语本身，仅仅充满对文化、词语的想象力有表达冲动的诗人相比，我更信任那些对现实、对存在的想象力有着表达愿望的诗人。前者狭隘地将存在真实屏蔽于自己的写作之外，同时也将词语背后的文化含义所蕴含的现实反射冷漠地摒弃。语言作为一个文化象征系统，拥有其内在理性，这种自觉放弃对真实存在的表达和探寻，不能不说是一种令人感到悲哀的事情。

前些年阿多尼斯到中国访问，他谈到诗歌在西方是一个文化问题，但在东方则是个存在问题。在我看来，这两个问题都是以对方的现实处境作为互相参照的，虽然这样的划分是比较简单的划分，但也能从中一窥它背后所蕴含的问题，即这样看待东西方国家和文化区别的视角和态度，根源在于看待者本人所处的现实位置。因此说，诗人和他身边现实的关系决定着诗歌创作所呈现的面貌，即使在全球语境下也是如此，或者说，更是如此。那么，至少在目前生活的当下，我是这样理解诗歌与现实的关系的——

首先，我认为，诗歌对现实生活的“介入”和“不介入”，似乎在任何时代都能构成人们关注的话题，更重要的是，它也能够成为某种道德的标尺，用来衡量诗人和诗歌，而这恰恰是我们需要警惕的——这样简单的判断，会把诗人复杂的感受抽象化、标签化，也会把诗歌归类为某种实用主义的工具，这两种状况正与诗歌的本质相悖。这是因为，构成诗歌方式的一个绝对重要的元素是隐喻，隐喻决定了在诗人的感知、想象和创造力中，一事物愈是和其他事物发生广泛而深入的联系，此事物获得的生命力和存在感则愈强，它所辐射出的世界的整体感和其本身的独特性也因此而愈加凸显。因此，严格来说，诗歌“是否”和“能否”有效地对社会生活进行“介入”与“不介入”，这个命题本身就充满了分裂。社会生活不是你想回避就能回避的，当代社会中的人只能生活在当代社会之中，社会生活在每个人的生活和经验的细节上都会留下它的烙印，那些去南极的探险者或者进入太空的宇航员离我们日常的生活场景最远，但他们和一个街边的清洁工与当代社会生活的距离一样密切。社会生活的蛛网里总有一根完全可见的细丝牢牢粘在你身上，不会真的有什么生活在书斋真空里的诗人，也难以想象会真的存在完全沉浸于“自我”私人空间而不与社会发生联系的诗人。这甚至不是理论——只要一个诗人没有内心分裂，只要他的感受和经验与书写保持诚实一致，那么，诗歌呈现的最后文本，就是对其感受、经验是如何与生活发生联系的真实描述，以及由此而来的由点及面、由特殊到普遍的细致呈现。从这一点来说，仅仅从修辞的意义上来解读或者看待诗歌，是对诗歌这一文体最大的歪曲——我从未见过比诗歌更真实地、更具体地呈现诗人所处那个时代面貌的作品，古往今来那些杰出诗人留下的诗篇，就是他们所生活的那个时代的记录，这是不用争辩的事实：从微观的个人生活细节出发，扩展至当下更辽阔的历史生活场景，这是诗人对人类最伟大的贡献。

其次，由于某种可商榷的分类意在使人们能够便利地讨论问题，诗人写作的“内容”被“暂时”地划分为“介入”“不介入”，其分类的考量基础已经把诗歌的内容进行了题材上的划分，也就是说有一种诗歌是“介入”的诗歌，而另一种是“不介入”的诗歌。批评家们根据题材进行划分，相应也就有了读者给予这两种诗歌不同的评判。大致来说，支持“介入”诗歌的读者会在“道德”的层面上反对“不介入”诗歌的冷漠对社会良知的挑战；而“不介入”诗歌的倡导者对权力将文学工具化的后果心有余悸，坚持文学非工具化的美学主张。这种简单的划分除了带来更为简单的、把人引向歧途的争吵之外，同时也容易令人忘记诗歌的本质和诗人的天职。如前所述，诗歌的本质是将个人极其微观的经验感受最大化地与世间事物以及时间发生广泛深入的联系，诗歌是通过这种特殊表达和内在节奏引起读者想象力重视并达到最大感受认同的能力。而对于诗人来说，一切可以通过阅读教育习得的“技艺”最终会忠心耿耿地尽职于心灵最渴望的“意义”。在此，从诗人到诗歌——两者保持着高度协调的一致性，互相忠实于对方。诗人遵从诚实的原则写下源于生活的诗句，同时也需身体力行地接受自己写下的诗歌的检验——我谓之“不分裂的诗歌和诗人”——这几乎是很多诗人梦想努力达到、但做起来相当艰难的事情。

不是说写一首同情底层的诗歌或者反对文学工具化你就是个好诗人，你就天然地拥有谴责其他人的道德优越感。这两种看似对立的观念事实上像孪生兄弟一样有着一个共同点，那就是真实生活与诗歌文本的分裂，因为我从未见到过没有社会生活的人，也未见过只有社会生活、公众生活却没有自我和“个人”的人。但是，即便如此，我也要说，假如一个诗人丧失了对世界的想象力，丧失了对他人、对其他生命的敏感，丧失了对身边生活诚实的表达，我不会认为他是一个真正的诗人。如果说文学是“致力于人性向善的努力”，人的关系中天然蕴含着伦理道德，那么诗人的稿纸上就应该呈现“人是关系的一个结（圣奥克絮佩里语）”的笔迹，这是作为人类的最起码的道德基础。值得注意的是，在以善恶判断文学作品的价值时，我记得法国哲学家茨维坦·托多罗夫曾说过的话：“做好一件工作是否总构成善，不应仅仅根据它们是什么而且应根据它们被用来做什么进行判断。一个人必须将其用途和后果一起放进头脑考虑之中。这是因为，个人的尊严并不建立在社会认可之上，而仅仅在于良心和其善的意义悬而未决的行为之间的一致。”同时，我也记得他的同胞齐奥朗的一句话：“一切道德对善良都构成威胁，唯有漫不经心能拯救它。”我对“漫不经心”的理解是：不向任何未经省察和亲历的事件立刻做出武断，警惕不要被任何意在误导别人的“观念”利用，保持内心声音和实际行为的一致——诚实，诚实。诚实！做一个不分裂的诗人，写出不分裂的诗歌。

001 **序** 对他人的爱与诗歌 蓝 蓝

001 圆 满 梁书正
002 硬 火 谈 骁
003 生活是个耐心的教师 谢小灵
004 鸟 鸣 庄 凌
005 蝉 蜕 舍姆素
006 告诉你 贾浅浅
007 有一种力量来自于你 嘉 励
009 师 说 施 展
010 深夜交谈 丁 薇
011 把自然还给自然 叶申仕
013 一个在雨中行走的陌生人 尘 轩
014 树的本事 崔 岩
015 给母亲 周 簌
016 核 桃 许天伦
017 侦查学 彭 杰
018 雪后之春 李聿中
019 翡翠湖 望 禾
020 在海边静默 戴国华
021 等无人机充电 余 退

022　夜晚的羞愧　熊　焱
023　马　余　真
024　有时候我敞开内心　熊　曼
025　我们在高高的坟边对坐饮酒——写给二十岁　伯竑桥
026　务必沉默　安　然
027　自　转　笨　水
029　白昼提灯者　巴　客

030　沉默如完整　代　薇
031　风　姚　辉
032　这些年啊　金铃子
033　晚秋之思　杜　涯
035　围　城　曾　蒙
036　对　饮　育　邦
037　女演员来到夏季　杜绿绿
038　我　们　李小洛
040　在萧红故居　施施然
041　枫香湾　刘　年
042　春天回来　川　美
043　看起来，是甜蜜的　张二棍
044　等待戈多　陈巨飞
045　题画家欧邹《马头》系列　李海洲
046　长　夜　陈　仓
048　犹如返乡　阿　未
049　局门路的银杏树　非　亚
050　相　信　北　乔
051　极　地　陈小三

052 以骨为碑 宋心海
053 低　估 胡　亮
054 并蒂桃 唐小桃
055 目光逐水 九　荒
056 立　春 张巧慧
057 春　心 芦苇岸
058 就这样 苏小青
059 一只练习飞翔的麻雀 敕勒川
060 你已经在我心里 张文斌
061 幡旗猎猎 张好好
062 把一杯酒敬给有趣的灵魂 包立群
063 大海多苍茫，我就多辽阔 李荣茂
065 春山近 叶丽隽
066 时间什么都不反对 小鱼木语
067 我迷恋的那些小 哑者无言
068 四月将尽 江　非
069 新　生 施　浩
070 乘　车 李　瑾
071 树上的鸟窝 李　皓
072 春天的山谷 李　点
073 温暖的斜坡立于黑夜 鲁　蕙
074 老　鼠 彭争武
075 多年以后 宝　兰
076 南　湖 小红北
077 夜　行 唐德亮
078 散　步 麦　豆
079 天，只剩下蓝了 如　风

080 必　然 冷眉语
081 月　光 葛筱强
082 百丈漈：爱的深渊 袁东瑛
083 晨间事物 田　暖
084 方山雪 涂　拥
085 沉默的人 秀　枝
086 大　寒 夏　午
087 我们和草木再生的相似 柳　苏
089 此起彼伏 周菊坤
090 冬　天 张晓雪
091 在植物园散步 宁　明
092 蝉未完成的交响曲 段光安
093 那棵红树 彭　鸣
095 回乡书 王文军

096 春　天 胡　弦
097 默　念 娜　夜
098 高山流水 西　渡
100 歌 沈　苇
101 要习惯于…… 李寂荡
102 以阳光为例 张执浩
103 午夜散步 桑　克
104 八　月 颜梅玖
105 一棵青草的形而上 卢卫平
106 牙科诊所 冯　晏
107 惭　愧 大　解
108 玻璃桥 高春林

109 7月21日夜 任 白
110 鲜花宁静 谷 禾
111 在石村 龚学敏
113 远游概论 姜念光
114 银杏叶 荣 荣
115 痕 迹 程 维
116 又见布谷 林 雪
118 俯 瞰 朱 零
119 愉快过程 王学芯
120 西格里城堡 龚 璇
121 夏日最后一天的静物 玄 武
122 贝 壳 宋晓杰
123 我想与一匹马说说话 喻 言
124 倒计时 李 云
125 状 态 亚 楠
126 我有…… 汗 漫
127 茶 庞 培
129 剧 院 包临轩
130 往 昔 小 引
131 九 月 古 马
132 躲进一个词 陈陟云
133 总会有一个人 李 南

134 外祖母的事情 于 坚
135 永无止境 孙文波
137 黑色纸蝶飞舞 翟永明
138 阿尔山 侯 马

139 爱真实就像爱虚无 韩　东
140 翻译家 默　默
142 弹　奏 雷平阳
143 雨中瓯柑花 宋　琳
144 小心眼 李元胜
145 旧　事 尚仲敏
146 应　该 蓝　蓝
147 街　道 张曙光
148 秋天的红颜 李亚伟
149 介绍自己 小　海
150 宇宙宽旷，仿佛眼前升起的荒原 海　男
151 立竿见影的事物 泉　子
152 绿萝简史 臧　棣
154 小鸟篇 余　怒
155 中　立 梁晓明
156 现　实 严　力
157 诗人的任务，在佛蒙特仿罗伯特·勃莱 王　寅
158 回忆韩非子 柏　桦
159 江南曲子——给车前子 马铃薯兄弟
160 想　象 赵　野

161 我是我自己的反方向 梁　平
162 没有人是一座孤岛 林　莽
163 诗　人 叶延滨
164 读封城中的武汉友人诗作有感 李少君
166 一行白鹭上青天 曲有源
167 界　限 子　川

168 春天果园 张洪波
169 夜听雨声淅沥 邹 进
170 挖煤的人 车延高
171 慢行道 钱万成
172 万物之心 吕贵品
174 变成机器人该有多好 潘洗尘
175 又过归州 谢克强
177 好看的鸟 柳 沄
179 藏匿者怎样像一个陌生人藏匿自己 阎 安
180 用不着风吹草就低了 刘向东
181 老了，不演戏了 木 斧
182 海 浪 杨 克
183 大自然给了我飞的翅膀 杨志学
184 而我们…… 吉狄马加
186 野 草 陈应松
187 酒，或别的什么 林 白
188 密林之春 鲁 羊
189 栗原小卷 吴晨骏
190 痒 黄孝阳
191 故地重游 春 树
192 好人的一天 文 珍
193 距 离 孟小书
194 我的来历 黄 梵
195 从火星遥望地球 华 清
196 地面之下的事物 霍俊明
197 摩擦系数 张新颖
198 要说，就把一生抵押上 李德武

199　海　周　瓒
200　写什么　木　叶
201　在仿古建筑上安家的鸟雀　杨献平
202　八廓街　那　萨
203　公园前的宇宙站牌　曹驭博
204　秩　序　卓玛木初
205　向着春天歌唱　姚　风
206　苏笑嫣　苏笑嫣

圆 满

◎梁书正

圆满不是饱和、完整，而是历经
曲折和沟壑，依然能听到
秋阳之下，裹着露水和晨曦的那一声
悲欣交集的啼鸣

（原载《草堂》2020年第5卷）

硬 火

◎谈 骁

寒冷的日子我们上山找柴
多的是荆条和马桑木
它们一点就着，还不能叫柴
我们要找的是杉树和栎树
它们树质结实，不容易点燃
点燃了又不容易熄灭。这是硬火
寒冷的日子有硬火才可以度过
火焰扑面，扑上我们贫瘠又快活的脸
火光闪烁，更远的人生还无从得见
我们知道的仅仅是
硬火不会一次就燃尽
火焰熄灭了，木炭留下来
脸上蒙着一层灰烬像已无可给予
心里还有火焰准备随风复燃

（原载《十月》2020年第3期）

生活是个耐心的教师

◎谢小灵

再寒冷一些，冰河穿过银针孔
一场雨由字母组成
透明的蓝玻璃贴近我们的嘴巴
帮助更大的沉默，把怯懦的光推进黑洞
在这里，和天鹅比邻而居
一片羽毛的念头。迎接巨大的尖叫
那船多想返回山中
当一匹马半夜回家
几乎找不到受惊的草原
但一个眼神，也让生活措手不及
你带好圆规或者摆好内饰镜
你身体的小麦、百里香、公主和教堂
早已安静下来

（原载《西部》2020年第4期）

鸟　鸣

◎庄　凌

早上被清脆的鸟鸣叫醒
很久没遇到鸟儿了
不知道是什么鸟
叫醒了童年

不想急匆匆地去赶地铁
站着瞌睡一小时
不想钻进密密麻麻的高楼大厦
关着一群动物
不想听汽车的嗡嗡声
邂逅不到一只蜜蜂
躺在床上
我突然有一种想飞走的冲动

（原载《鸭绿江·华夏诗歌》2020年第8期）

蝉 蜕

◎舍姆素

小时候，上学的路上
常常希望能捡到钱
五分或者一毛
就行。五分看一场电影
一毛买四个洋糖
我三个，妹妹一个
可以吃很多天

但那时候钱很少
钱包里都没有
路穷得像蝉蜕

（原载《黄河文学》2020年第7期）

告诉你

◎贾浅浅

告诉你
我唯一的土地
就是我的身体
你要来就来吧
它只长花朵
种不出庄稼

（原载《诗潮》2020年第2期）

有一种力量来自于你

◎嘉　励

怎样才能让云朵躲回云层
花瓣都在晨曦里开了
你的手仍停留在我的身体上
像流水没有离开大地

怎样才能让事物退回
它被时间割裂前的样子
初始的光，它的新奇
说出了一切，却不为人所洞知
一根废弃的横木
挡住了眼睛分辨出岔路

怎样让一块冰回到流水的活力
你为我打开时光的锦囊
倾出愤怒与羞耻，还有绵延的宽容
此时，我看见白色鸟划过
房间在向着花园敞开

与自己讲和，与神和解
我感到初始的光重来一遍

我看见树上跳跃的鸟变成了果实
一只从未出现的手，它托起我
它不是风的印记，它是光的重临
仍有一种温柔的力量来自于你

（原载《思南文学选刊》2020年第1期）

师　说

◎施　展

如何让兔子吃肉
科学家说
从生理角度来说
兔子不可能吃肉
作家说
不管是谁
被压迫久了
都会奋起反抗
让它饿极了，就吃肉了
流浪汉说
只有你们这些
闲着没事干的人
才整天研究这种
虚假、无聊的事情

（原载《诗潮》2020年第3期）

深夜交谈

◎丁　薇

那些未参与彼此的过去
通过夜色被传递
平静而节制
这是时间的功劳

谈及现在
彼此在场的现在
内容过于简短

“未发生的事有不确定性”
——他们对未来有所期待
小心翼翼
像月亮回避大海

（原载《诗潮》2020年第5期）

把自然还给自然

◎叶申仕

我喜爱，在每晚准时收看《人与自然》
——这是很好的一件事情
仿佛候鸟履行了与季节的契约

我喜爱的是雨季的草原
羚羊跳跃在绿色的火焰上
是龟裂的大地，鳄鱼眼里流出盐粒
是食草动物低着眉
是肉食动物的牙齿和速度
是把鱼翅还给鲨鱼，把象牙还给大象
把犀牛角还给犀牛，把花衣裳还给金钱豹
把尊严还给熊、狮子和黑猩猩
是河流和风都有正确的方向
每座冰山都有恰如其分的美
是蚂蚁家族在荆棘丛搬动星月
是逆流的鲑鱼群，该洄游时绝不多逗留一秒

尤其喜爱的是：这其中没有人和烟火
唯有自然是自然的主人和烟火

喜爱的是看着看着，仿佛自己就进入了电视
仿佛一只北极燕鸥
去安慰忧郁的大海和天空
仿佛一只多刺蜥蜴
漫步在沙漠的春天里

（原载《星星》2020年4月上旬刊）

一个在雨中行走的陌生人

◎尘　轩

他一身雨水，像一座雨中的房屋
颜色很深，使周遭明亮起来
从一个点，变成一座山
一个干燥世界中孤独的对立面
他在雨里走，雨用一种细密跟紧他
他用一袭深蓝的衣服和雨平行
这让我幻想——
他是否有深蓝色的骨头或忧郁
雨点像手指在他身上弹奏未竟的沉默
他未叹息，叹息或许正被慢慢消化
他从我窗前经过，雨水也是一样
这样的意象开始从春天生长起来
直至成为一首在雨中行走的诗

（原载《绿风》2020年第5期）

树的本事

◎崔　岩

有的树，最大的本事就是
懂得在合适的时候，抖掉不合适的叶子

那么多叶子，每一片
它都了然在胸。抖掉一片，就忘掉一点

鸟儿在枝头歇息的时候它抖一抖
有风掠过的时候也抖一抖

到了秋天，即使没有风
它自己也会在夜晚，使劲抖一抖

直到把浑身的叶子全都抖落
它才安心过冬

（原载《西湖》2020年第8期）

给母亲

◎周　簌

母亲年轻时，从未亲吻和拥抱过我
现在，她把父亲赶到另一间卧室

与我相拥而眠，她把我的头靠在她的胸脯上
我闻见母亲内衣上黏稠的油烟味
但我依然对母亲的乳房，保有童年的想象

临别时，她会在我的脸颊上深深一吻
并告诫我：当你的生活被某个人搞砸了
选择另外一种生活的时候
一定要慎重

（原载《文学港》2020年第3期）

核　桃

◎许天伦

它像一个词，被孤单地摆在那里
它蕴藏着奇妙的味道
过于聪慧或愚笨的大脑
不善于坚硬的修辞，再健壮的体魄
也会有被一锤砸碎的软弱
只是，舌尖上的屈从更像是一场舞蹈
台下的观众，吝啬略微苦涩的掌声
今夜，我要一口吃掉谁
遗落下来的思想
沉默的宇宙中
永恒旋转的天体，具有隐秘的神性
我注视着一枚核桃，上面的坑坑洼洼
使我想起外婆在临死前，那段
断断续续的叮嘱
那时候，她在后院种下的那棵核桃树
才刚刚开出绚丽的花

（原载《作家》2020年第4期）

侦查学

◎彭　杰

远观阳光下的白杨树
高大且富有层次感。唯有
一小片枝叶，仍保持蝉翼轻薄的夜晚
眼前景物清醒如橱柜上的玻璃
但你仍需承认，一片叶子、一只虫子
就足以刺破延伸的广角。远观中
深入花朵的恐惧，而水与帆船
也存在有限的否定关系。同样必须承认，有时
你身体内掏出来的光近乎是凹陷的

（原载《人民文学》2020年第5期）

雪后之春

◎李聿中

春天总是这样安静
静静地听着
那久违的蝉鸣
阐明这世间的愁离
无愧生机
雀儿睡去
今夜不是你飞扬的雨季
柳絮无所谓凋零
因为春的鼻息
总会婉转于雪域落幕的黎明
安息吧
每片雪瓣触碰的叶绿
不知迎合了一场雪的相拥
竟是无止境地睡去
在那春夜前久居
好似一种疏离
一种不切实际
晚安
寒夜总会过去
枯萎了多少生机
换来了春的苏醒

（原载《作家》2020年第10期）

翡翠湖

◎望　禾

我迷恋那些藏匿着神祇的事物
——黄昏的青稞地
荒凉深处的翡翠湖

远黛披拂薄雪
流云与星宿缓慢移动
昼夜途经宝石的湖面

沉默如绿度母的盐池里
万物开始俯视自身
是否又有一朵年少的水仙溺亡

日光滚烫的大柴旦
大风日夜切割你怀中的宝石
一切受伤的事物
都折射着神性的光泽

（原载《瀚海潮》2020年白露卷）

在海边静默

◎戴国华

在海边，风交出了坦诚，礁石
心肠铁硬。漂泊一生的命数
早已在沙滩搁浅
生计的负重一浪高过一浪

赶海的渔人从波涛里
摸出黑黢黢的肤色和隐秘

随缘欢喜。浩瀚是最好的注脚
而我心绪起伏，海鸥追逐潮水
蛰居他乡的人，都要交出
梦的柔软、海的深沉和流年的苦痛

浆洗灵魂的私语声日渐憔悴
往事被流云掏空。灯塔的明灭
可以解密尘世的哑谜

（原载《青年作家》2020年第7期）

等无人机充电

◎余　退

这过程刚好可以等
三角梅瓣泛黄，自头顶飘落
等防腐木上的水迹缩小，露出木头
被腐蚀的内里；等一群麻雀
在蔚蓝中聚拢又散开
带着它们的孩子；等白天里的一轮
残月，那么小的明亮
像一枚指甲飞行

揉一揉颈部，等无人机充电完成
等它快速离开我的笨重
替我鸟瞰
我曾经站在新露台上
出神的样子

（原载《浙江作家》2020年第5期）

夜晚的羞愧

◎熊　焱

夜那么长，像一道深渊
我写下一粒粒文字，是为了倾听
从里面传来回音

如果笔力没有穿透纸背，我就会感到羞愧
那是因为我的孤独还不够深

如果从长夜的井底掘出的只是泉水
而不是光明，我也会感到羞愧
因为我已不再年轻，却一再辜负良辰

（原载《人民文学》2020年第2期）

马

◎余　真

它被拴在一个庭院
绳子很长，悠然漫步
这绝不是它应该过的一生
没有野性也没有征服
这是世间最伟大的苦役
在怀念皮鞭和剥削中死去

（原载《草堂》2020年第9卷）

有时候我敞开内心

◎熊　曼

有时候我敞开内心
像摊开一堆谷物
秋日午后的阳光烘烤着它
温暖着我
也抚慰了你的眼睛
这是我期待的时刻
有时候我卷起内心
像青菜卷起它的叶子
我还没有想好
是否交出它
像田野交出一朵花
幽谷交出一段溪流
世事纷扰，白云聚散
迎面而来的
是心念念的故人
还是一阵浪荡的风

（原载《长江文艺》2020年1月上）

我们在高高的坟边对坐饮酒

——写给二十岁

◎伯竑桥

我们在高高的坟边对坐
饮酒，谈论下一个朔望周期，星星
会以怎样的姿态醒来。
花朵如天气，郁结在枝头
你晓得星星有时清洁胜过初雪
但一切无关修辞。睡眠垂落，像一双手
随手撕下的日历成为新的大地
人的体内有幽暗的一杯水，让活着变轻、
变凉，而所有滚烫的少年都
隐隐像你：风的影子，弱的天才
在夜里在人群，嘶喊：群星苏醒
去求证，去温习，人类微弱的趋光性

（原载《长江文艺》2020年9月上）

务必沉默

◎安　然

我实在想不出更好的表达
一个句子被反复捶打
被贬损
一个词被分解成零碎的骨头
我还没有长出菌斑

我能表达的所剩无几
沉默是自保
让这些枯枝、败叶、干巴的泥土
变得敏感、笨拙

保持长久的沉默
这让我在喧嚣中获得安宁
让我保持洁净

（原载《扬子江诗刊》2020年第5期）

自 转

◎笨 水

当我自转，我就有了
自己的大气层
扔来的鸡蛋石头
将被销毁。鸡蛋化作灰烬
石头变成黄金
它屏蔽黑暗，让我看见蔚蓝
眼神怎么冷
我都将它们看作一闪一闪的
星星
到处是群山汹涌，到处是
旷野宁静
到处是小草，推着巨石
到处是石头堆积
加深的沉默
我用河流，接纳雨水
我的大海
被我修剪成花园
我眉心养的一只幼虎
每日，穿过暴雨
去餐露水

想吃肉
我就让悬崖带它去看明月
看看就饱了
看看就独自回来

（选自《笨水养鲸鱼》微信公众号）

白昼提灯者

◎巴　客

他在喧闹的街市行走，他提着灯盏
他的脊背是赤裸的，没有人
能看清或者留意他的面目——
在白昼，光亮耀目得
像坚硬的铁轨

他是谁，他欲何为？没有人
在意他来去的踪迹，他所带的灯盏
也照不出他的影子。日复一日
他提着灯盏穿过街市

在白昼，在天空下，提灯的人
莫非是被神遗弃的使者
他从来处来，他往去处去，他的天空下
也许从未有过我们

一天又一天，我们盲目而绷紧的面容
怎能吸干黑色的白昼。提灯的人
也许会在我们的身体里行走

（选自《诗林》2020年第1期）

沉默如完整

◎代　薇

电话就要接通的
那一刻，梦醒了
就像这些年
每一次靠近的努力
都会被一种神秘的力量
推得更远

沉默如完整
在不同的时间
一个人的软肋
也可以成为铠甲
“而爱，不过是想触碰又收回的手”

（选自《扬子江诗刊》2020 年第 3 期）

风

◎姚　辉

不说岁末　不说山脊上的雪依旧坚硬
不说家园的影子由黑转灰　不说
鸟隐藏在丛林中的千种踪迹

不说香案上沉寂的铜磬　不说眺望者永世的
疼痛　不说道路　弯曲的依旧弯曲着
一个凝冻的黎明　让天穹
坠下　纷乱的尘屑

不说炊烟中结冰的祈愿　不说遗忘
不说巨石内部枯萎的焰火　不说
水的走势　不说一支歌挣脱的锁链与奇遇

不说群山环绕不息的启示　不说远
不说灵肉铸就的甘苦　不说
星辰延伸的足迹

不说怀念　怀念已没有尽头
不说梦　不说梦境分岔的时辰
不说你握热的那些漫长善意

（选自《诗选刊》2020年第6期）

这些年啊

◎金铃子

这些年，身边走过
面如春风，体似秋月的女人
也走过功德无边
有了蝗虫，求求他，蝗虫就飞
无雨，求求他，雨就来的男人
有养老虎的，养蟑螂的
养珠子的，养菩萨的亲戚
这些年，就算山居，行走江湖
也有点喜乐排场
看见不平事，也是睁一只眼睛
有心的装个无心的

这些年啊，有爱也不曾娇滴滴
有恨也不曾悲切切

（原载《草堂》2020年第4卷）

晚秋之思

◎杜　涯

我知道我不该去想此时人世上的万木凋落
不该去想木叶落在树林边、落在晨雾中时
的宁静，那种浓郁、迷离。不该去想：在落叶之外
在身外的世界上，一些不可见事物的无声凋零

我知道我不该去想：到了冬天，雪常会在下午落下
不该去想雪落在旷野上、落在树林中时
的静寂，那种迷蒙的温暖。不该去想：
雪中的树林，无边的静野，远处山峦的苍茫

每天，我都站在这里，站在树木身边
看见辽阔的地面，永恒的日落
风吹过远处、云岚、山河、万物
我站在这里眺望，眺望如怀想

有时我坐在夜车上，穿过夜晚暗沉沉的辽阔大地
有时我站在窗前，望见远处的熠熠星空
更多的时候我站在树影下，犹疑地徘徊
我徘徊在长路上、河岸旁、人世的漫漫时光

我时常想：我为什么会来到这里，伤心忧悒
生命一场，我是否已深知永恒和流变
是否懂得了持久，更高的法则、力量
落日西沉，为何我还滞留此地，孤独、疼痛、彷徨

我徘徊在长路上，然后我望见：在你的地方
在你的乡园，天空深处，林木庄严，树木深沉崇高
于是我知道：你的方向肃穆、永在
而我惭愧于还远远未完成我的霞光

时常，我望着幽朦远处，那里云路深邃，迢遥
我知道，我在地面上的行走还不够，忧郁不够
我持续。而风也总会在温厚中吹过苍郁的林木
陪伴时岁的刚健、深沉、永去，和孤独

（原载《星星》2020年9月中旬刊）

围 城

◎曾 蒙

他已经节哀，游离于悲哀的围城
哪怕只有一次。他懂得月下的尘世
围着桌子的首都，帝国的唐突
一本书里有多重的荷花为何不好
风一吹，什么信息都没有了
他活得简单快乐
他甚至见证更多的死亡
巷子里的灯光灰暗地闪烁
仿佛什么在燃烧。房屋被雾气笼罩
低处的水渍与地板结为一体
有些歌声在水珠里合唱
夜色下面，两旁消弭
不见一个人影。他在石头桌面上冥想
做一些数学题。他考验囚徒
也向秋天张望。窗子结冰
萧瑟的月光照亮忐忑的小巷
他写出加倍的明亮，他写出内省的土壤

（原载《延河》2020年第1期）

对　饮

◎育　邦

你苔藓的静默
伫立在阔叶林的阴影中

五月，风暴的峭壁
你捡起松果，跨上灰马
越过开满蔷薇的山丘

一枚榛子，少女指南针
你从尘世的烟霞中走出
穿过坡地，走向林中坛城

羽状的玫瑰火焰，在绿色星辰上
燃烧。薄暮时分，我们取出烧酒
对饮。一杯又一杯

形与影，携手天地间，俯仰啸歌
混同于野兽，载歌载舞……
震落树梢间无数的尘埃

（原载《诗潮》2020年第6期）

女演员来到夏季

◎杜绿绿

夏季
显赫堂皇
黑暗的消去
明亮的，更加光灿
让哀伤的人
有能力承认心碎

女演员
正剥开这颗心
它们嘤嘤地求饶
以及欢乐

落后的美
无处不在
谁有权
索取一颗残缺的心

（原载《作品》2020年第2期）

我　们

◎李小洛

我们的身体将不值一提
烦恼也不值一提
惊蛰过后　桐花从高处落下
面朝北方的人，窗户很高
我们用手指，敲打他的玻璃

一切，即将隐去
一切，都将远离
只有你不会
你是最后的信函，那些晚年到来的消息

我会在春天结束的时候
告诉别人，是什么
让我们心心相印，是什么
让你翻山越岭
小寒、大寒，五月和谷雨

那一切在夜半开来
又开走的火车
我们曾深深地热爱，并原谅
现在，我要把我的想念告诉你
告诉那位在灯下打扫铅字的老人

我们依然还在：远久时代的油灯
纸张、格言和真理

（原载《鸭绿江·华夏诗歌》2020年第1期）

在萧红故居

◎施施然

喇叭花依旧嫩嫩地开
鼓足了全身的紫
幼童趴在纸窗户上
三十年的大雪都下在了老墙根底下
姨娘绸衫皱了
暴躁父亲的头发白了。堕落的爱人
又和别的女子好上了。豆油灯下
钢笔尖在纸上沙沙响
婴儿只来得及
闷哼一声，就随马桶的流水
消失了，匆匆地，一个时代
都随着流水去了。不相干的人替你回来
到处看了看，按住胸口的疼

（原载《鸭绿江》2020年第2期）

枫香湾

◎刘　年

和穿了鼻孔的水牛一样，船也很老实
稍一用力，就牵了过来

修了电站后，他卖了牛，买了船
掌犁一样掌橹，将西水犁出了一道深深的沟

和水牛一样，船，也认识回家的路
和水牛一样，他把船，也拴在了青草肥美的枫香湾

（原载《诗潮》2020年第10期）

春天回来

◎川　美

你信不信，春天都会回来
你好不好，春天都会回来
你疼不疼、苦不苦

春天都会回来
春天回来——
就是看看你还在不在

春天回来——
就是把走失的羊，圈回草原
顺便给狼指一条生路

春天回来——
就是给种子以信心
将一切岔路上的灵魂拉回正轨

（原载《小诗界》2020年第2期）

看起来，是甜蜜的

◎张二棍

蜂巢从枝头掉落的时候
野蜂四散。在漫空嗡嗡的敌意中
我摆脱了它们的围剿
捧着，那让人垂涎的
战利品，返回到伙伴们中间
我不知道，该如何描述
那个得意洋洋，又隐隐作痛的瞬间
而现在，我依然是那个
满脸通红的馋孩子，一次次
跑到人群中，藏起被蜇痛的双手
让你们，看见我的时候
是甜蜜的

（原载《当代人》2020年第2期）

等待戈多

◎陈巨飞

我为什么
要做一个被放逐的人呢
写字楼里
我等待吐去嘴里的沙子

晚上八点
外省的快递员回到出租房
莴苣等待菜刀的锋刃——
它所热爱的冒险游戏
是在生活的铁锅里翻滚

请告诉乌鸦和麻雀：举着火把
就容易找到走失的山寺
藏着心机，可以到星巴克谈一笔生意

如果坐马车去芍药居
送信的人，就不会消失于地铁

（原载《十月》2020年第3期）

题画家欧邹《马头》系列

◎李海洲

只有头颅就够了
一切的愤懑和自由出了外框
集结着看不见的风雨

水墨带来的，终将归还给草原
黑白的草原灯笼里的草原
埋葬了肉身的草原
墨的苦咖啡里，有游牧的蹄声

咫尺就是天下
以头颅为热血浇灌的祖国
隐身或抽象的十六州
就要弯弓射出速度的银鬃

所有的冲锋拒绝栅栏
这无声诗足够用来抱负
这牧歌被田园重新养肥
合欢吧，逆锋而皴的笔和荆冠

驭手在初夏催动宣纸
山水居中，去落日的巴黎牧边
马头向前，马头追上南飞的琴瑟

（原载《作家》2020年第7期）

长 夜

◎陈 仓

一只黑色的胃
消化掉了草
消化掉了树

一只黑色的胃
消化掉了房子
消化掉了灯

一只黑色的胃
消化掉了纪念碑
消化掉了展览馆

一只黑色的胃
消化掉了星月
消化掉了微尘

一只黑色的胃
消化掉了呐喊
消化掉了呻吟

但是一只黑色的胃
消化不掉你
我带着你
这唯一的光

世界已经静止
像一粒熟透的种子
我带着你
这万事皆有可能的核

我带着你
如带灯前行
世界膨胀
我们再也无法忽视和遗忘

我们跟随其后
把一个夜晚过成了一生

（原载《花城》2020年第1期）

犹如返乡

◎阿　未

犹如返乡，我是说这场雪又回到
大地上了，冬天刚刚开始
它们就迫不及待地落下来
比往年落得早，比往年落得汹涌，就这么
漫天而来，像纯净的想念生出翅膀
在轻盈的飞翔之后，一夜之间落在枝头
地上和大片大片的草丛里，落在
老家屋顶的瓦片上，落在一望无际的
田野中，也落满我充满渴望的目光与内心
这干干净净的日子，如同崭新的节日
在已经浸骨的寒冷中，轻轻地轻轻地铺展开来
像一场团聚一样铺展开来，我是说
这铺天盖地的雪花，已回到冬天的家园
恣意盛开……

（原载《作家》2020年第10期）

局门路的银杏树

◎非　亚

路边有一排银杏树
九月的时候
会往地上不停地掉下熟透的果子
有一天我好奇地捡起一颗
抹开它腐烂的肉
看到手指间露出银杏的核，而在我的家乡
我们会吃它核里白色的果肉
我们称呼它为“白果”
炖汤或者清炒都是一道
美味。这排银杏树每日站立于路边
接受风，雨，以及阳光的照射
当我在黄昏坐地铁回来
它们的叶子
隐匿于黑暗的夜色之中
我等待着初冬
它们树叶变得金黄的一幕，等待着神，孩子，老人
孕妇，环卫工人，保安，消防队员
以及赶去上班的青年
和我一起，赞美它们像火焰
突然燃烧的那一刻

（原载《长江文艺》2020年7月上）

相 信

◎北　乔

逝去的往事，只是叶子化入泥土
天空无边际的忧郁，懂得了大地的疼痛
油菜花盛开，大海可以是一片金黄
蜜蜂处处有停泊的码头
风的颜色，与岁月一同走过

甜蜜的呼吸，穿过蓝色的肉体
拥抱在一起的两颗心，不再需要倾听彼此的跳动
河水去了很远的地方
芦苇纷纷爬上岸，隐藏已久的话语
热烈讨论，灶膛里的火焰格外旺

白墙很白，一幅美妙的图画
在目光里凝聚，释放
无数双手带有丝丝凉意，桥栏杆
醒了又睡，渐渐温柔仁慈
真正的想念，就是从来没有忘记

（原载《作家》2020年第4期）

极　地

◎陈小三

晴朗的傍晚，温度下降到地面
光线紧张，腥甜如弦
我在院子里蓝色的空中跺脚

台阶上黑猫的雕塑让我肃立
猫眼里，光秃秃的榆钱枝杈间
鸟巢里月亮在破壳，生长绒毛

人眼、猫眼与月亮之眼相互凝视
凝视这古老的傍晚
等待着先开口说话的那一个

（原载《江南诗》2020年第1期）

以骨为碑

◎宋心海

爷爷在遗嘱里说
他死后
不要立碑

我们不忍心
悄悄搬来石头和锤子
爷爷用尽最后的力气
想砸碎它

他一直说
男人有一把骨头
能埋在土里
就是最硬的碑

（原载《十月》2020年第5期）

低 估

◎胡 亮

我低估了一丛蒹葭；过了几分钟
又低估了一块黑黢黢的鹅卵石
我目送一线流水，旖旎，收笔于有和无之间
流水，鹅卵石，蒹葭——
我趺坐于一只瓢虫的甲壳，低估了万物相忘

（原载《鸭绿江》2020年9月上）

并蒂桃

◎唐小桃

以粉红的意象渐渐展开
以花的名义交出妖娆
同一个花萼上交叠的两朵云彩

而璀璨的星粒，渐渐落到细节上
飞翔或者叹息，都有不可言喻的
深邃之美。直至抵达月光的殿堂
那些属于我们的最静谧时刻……

你的身体，有风起云涌的春天
也有一株秋枫挂着的白雪
在波光粼粼的迭印中我们共同
印证，一个又一个流逝的日子
当桃花因一字而蓦然回首
赏尽闲云　灵魂可以栖息
爱，仍是心中最温柔的修辞

（原载《鸭绿江·华夏诗歌》2020年第8期）

目光逐水

◎九　荒

目光落到河面
不像叶子那样落下一声叹息
它带着我的眼神和心跳
在水的镜像里
看山、看树、看雄鹰飞过的倒影
我眼里同样反射着水的光芒
水的温度，以及水的骨骼

我在它们面前
把自己交给了时光这条长河
忙碌、奔波、踽踽前行
犹如目光里的一滴水
有咸，有苦，有涩
但它，和眼睛里的一滴泪
却截然不同

（原载《星星》2020年2月上旬刊）

立　春

◎张巧慧

在众多的节气中，我偏爱
立春。在众多梅花之中
我偏爱朱砂梅，她略迟一点
略深一点
庚子立春，居家隔离
并未过多担忧自身病情
这些日子，再回溯些日子
我一直非常谨慎
看看手机中的疫情，楼下有人在量体温
世界有冷下来的寂静。我的焦虑
来自于因低烧而隔离在“此刻”之外
五楼之上，春风翻动书页
一只蜜蜂落在花蕊上，它的忙碌
与人间并无关系。多少年不曾这样
多夜不眠。新手机又摔出裂缝
阳光投下疏影
我触摸到柔嫩，也触摸到断裂
想起去岁暑夏，被隔壁人家砍掉的一半
此刻她鼓起的紧实的蓓蕾
与我共同经历劫后余生

（原载《作家》2020年第6期）

春　心

◎芦苇岸

如果天河的美学继续呼啸在头顶
我还能以仰望接纳广大的星辰吗

如果群山的一只手，不时想要牵你
像两棵玉兰，枝丫交织，那么紧密
开花的事情，在风中，指日可待

是夜，春寒蚀骨；路，没有情绪
怎么走？左转，右转；向前，折返
除了自觉或直觉，得靠初心纠正

还有语言里的光阴，那些曾经的
美与好，伤或悲，及春夜的冷与暖
如拐向湖畔的路，不知所终……

如果时间已经穿透尘埃的光芒
我还迟疑什么？执手相迎未知事物
再回头说声感谢，对远方的群山
表达敬意，精研在人海之外的遇见

哦……孤寂！那仙气飘飘的放鹤人
没有留下，而我，也没有带走什么
春心如风吹过芦苇，再吹皱湖面

（原载《作家》2020年第11期）

就这样

◎苏小青

让玻璃碎成碎片
让家具重新回到一棵树
让音乐储满雨水，回到
你的手指
将天空重新涂一遍浅灰蓝
将草地栽出怀旧的花蕊
将你空旷的稿纸铺满山坡
我在背面种植耕耘
孕育一个名
想念一个人

（原载《天津诗人》2020年第2期）

一只练习飞翔的麻雀

◎敕勒川

它那么小，像一团灰扑扑的绒毛，嘴角
还泛着嫩嫩的黄，当它起飞
它笨拙的样子，似乎飞翔
也能发出新的芽来

一次又一次，起飞、跌落，跌落、起飞……
不会因为小，不会因为羽翼还未丰满，天空
就会俯下身来，就会减少它的
高远、辽阔和风云

一双稚嫩的翅膀，无所畏惧地拍打着
当它冲向天空，天空不由自主地躲了躲身子
当它跌落，大地重重地颤抖了一下
我知道，从没有一种疼痛，高于飞翔
再小的一双翅膀，也大于一座天空

街边的草坪上，一只小小的麻雀在练习着飞翔
一次又一次，起飞、跌落，跌落、起飞……
这多么像我的一颗心，跌跌撞撞，几十年来
一直挣扎在红尘中……如此惭愧啊
我从没有像它那样舍生忘死地飞翔过，所以
上帝收回了我的翅膀

（原载《草堂》2020年第5卷）

你已经在我心里

◎张文斌

我正站在自己的川上
太多的东西已经渐渐飘远
体内的剩山残水，每时每刻都在变化
亲爱的，我们且不谈论世俗，将它放下
想想初衷，将看见的一切
都源自于内心的黎明
你已经在我心里，我为什么还要难过？不安
你已经在我心里，你是否也是如此
你已经在我心里，而我依然还没有准备好，你呢

（原载《作家》2020年第11期）

幡旗猎猎

◎张好好

布尔津
聚集全世界的——秋叶
白雪，雁鸣，芦苇的摇动
蓝色，那河，扬长而去

扑入——秋叶，白雪，芦苇的海
大河，水中的惊讶，逝者如斯
万物摇动，幡旗猎猎

我们很早便学会了扑入这个动词
直至有一天遇见那人敞开的心灵

（原载《作家》2020年第4期）

把一杯酒敬给有趣的灵魂

◎包立群

把一杯酒敬给有趣的灵魂
执着于让一潭泥回归水的本质
许多路人，把苦苦找寻的景色
遗失在睫毛上

夕阳每一天的回眸
用慢一拍节制
拖着的长长的缰绳
从坠落到第二天的升起
垒砌的城墙
后面站立着
不时扇动的眼睛

继续在磨刀石上修行
承受锐利的拷问
并坚持把一杯酒
敬给坐在心里的秤砣

即便一瘸一拐
也要站起来诠释
这个世界这样的站立
如此不可或缺

（原载《骏马》2020年第3期）

大海多苍茫，我就多辽阔

◎李荣茂

舍得，是好酒。藏着
一种境界，和对生活的理解
我喝了多年，仍不解其义
也难以释怀，和通透

如今。我每天
都坐在大海边，坐在虚无里
不停地喝，与大海对饮
我们就着海风，就着落日，就着汹涌
反复醉。反复干杯……

大海。接住落日
礁石。接住海浪
我啊，接住生活的苍茫

就这样喝吧。我们
不需要说词，不需要故事，酒话
早已说完。要说的，都在酒里。都在
咆哮里，澎湃里，和蔚蓝色里

苍山依旧。残阳不残
当落日，再次降临的时候
我和大海举起杯，一饮而尽
——大海多苍茫，我就多辽阔

（原载《诗歌月刊》2020年第3期）

春山近

◎叶丽隽

前些时
楼下斑鸠那“咕咕咕”的叫声曾响彻清晨
催人如令。每一次，我都挣扎着
努力地想让自己复苏——
长寐当醒啊
晦暗的巢穴中，我抖擞着浑身的骨殖，抖擞着
一个孵化的旧梦……春山日近，那选择
被推迟了多年

（原载《扬子江诗刊》2020年第1期）

时间什么都不反对

◎小鱼木语

花瓶里枯萎的花换成鲜花
花瓶洗得干干净净，像从未用过的容器
无辜又美妙
但记忆不认同

天空已经无法找到陌生的词语来形容空
作为时间的反对者反对凋谢和流逝
但时间什么都不反对

它接纳无限的空，也接纳无限的满

（原载《作家》2020年第3期）

我迷恋的那些小

◎哑者无言

比小镇还小的地方是小村
比小村更小的地方是村中的
河埠头。比河埠头还要小的是
洗衣少女头上停着的那只
扇动着翅膀的蝴蝶

把大路走成小路，街市就
成了乡村；把小路领进绿地
乡村就成了田野；把水泥路
走成砂石路，把砂石路走成
泥土路，一条田埂就出现在眼前

直到把广袤的田野走成
一株水稻一粒谷子，把牲畜的
眼睛走成古老的灯盏
一直走到它们咀嚼青草的声音前
就会一一碰见所有的小

把小镇的小当成一种认同和荣耀
小小的灯火，小小的吆喝
小小的吆喝来自小小的院子
一位老婆婆挪动着小小的脚
端着一小碗小米

（原载《扬子江诗刊》2020年第3期）

四月将尽

◎江　非

树林中安安静静
没有更多的表达
也没有很多要去理解的部分
太阳正转向西方
一个高举的树冠刚好投下足够的树荫
野鸡越过麦穗在麦垄间仔细地跳跃
黄昏时，我独自站在一头牛犊的身后
伸出手去抚摸它
它没有把我当作不可接受的事物
它感受我的存在，并允许我也感受它

（原载《山花》2020年第2期）

新　生

◎施　浩

到了夜晚，我将站在阳台上
和你握手言好
四周是旷野和农夫
树上挂满金灿的叶子和果实
风从远方吹来
血液升温，孕妇分娩

烟火出自谁家的屋顶
我的欲望从这里升起
在傍晚，一颗硕大的枣子
率先坠落大地
我手捧小小的婴儿的呼吸
面对这样的秋夜
向大地点燃第一只灯盏
多么悦耳的声音刺进宁静
水面安详，没有力量能阻止它
没有力量能阻止陨落和新生

（原载《十月》2020年第1期）

乘　车

◎李　瑾

我确信自己在隆隆向前。坐在车厢内
另一个我在玻璃中看着我，只是一个
面南，一个对北
车门打开，一群不知姓名的人
蜂拥而入，利刃一般，将我和
我的替身隔离进
两个对立的空间。我相信我和自己会
重新相遇，只不过隆隆之声不合时宜

我见到我时，一个在半山注视着野果
一个打量着车厢，仿佛最后一件行李

（原载《鸭绿江·华夏诗歌》2020年第9期）

树上的鸟窝

◎李 皓

对于这些不结果的树木而言
鸟窝是唯一的果实

与那些没有鸟窝的树木相比
这多出来的重重的一笔
把一棵树的一生
描写得更加绘声绘色

而故乡终究是潦草的
一些探头探脑的鸟
它们无意间窥见了
村庄所有生老病死的秘密

它们居高临下的样子
多么像童年的我
向一只蚂蚁伸出了碾子一般
罪恶的食指

没有蚂蚁的村庄
一树鸟窝不比一户人家
更加寂寞

（原载《钟山》2020年第5期）

春天的山谷

◎李　点

我愿世界，突然变得安宁
像这春天的山谷
如果万物响应了此刻我内心的嘘声
接下来，我又多么期待那些
悸动的声音

（原载《绿风》2020年第3期）

温暖的斜坡立于黑夜

◎鲁　蕙

月色修补着月色，在原野上展开
仿佛大地的外衣
露珠隐藏在古老的草地上。风吹起来
相互推动的树叶，更像你的手掌
握住我的腰身在黑夜里舞蹈，脚步轻盈
影子重叠着影子
亲爱的，又是一年一度的月圆
我们诉说的能力越来越弱
我放弃很多，包括快乐。不论走路
或者停下，小心地维护着幻想
甚至，在树林南面保持仰望的姿势。如天鹅
月光，如同舞蹈室的镜子
此刻风停了，寂静从树根旋转着上升
升至我的下巴，眼睑，额头
且有旋律的
就像我们彼此凝视。唯一的目的
均匀地爱着

（原载《绿风》2020年第3期）

老 鼠

◎彭争武

就算从楼梯间转出来
也是那么优雅
光洁的皮衣
为时尚打上句号
步伐的从容
展现华贵的气质

贼亮的双眸
还深情投向
我，背后高高的舞台
擦肩而来
新贵

这让我，意乱
还有痛苦
随手操起的那扫把
是那么陈旧，散乱
与其如何匹配

（原载《作品》2020年第5期）

多年以后

◎宝　兰

那些不请自来的风
经过极夜的寒冷，跋山涉水
终不敢老去
她相信那个远行的人
仍旧会从山间小路走来
她在等，总会归还一个春天

杏花开了又谢，柿子绿了又黄
南方的红棉从高处散落
如果你终究不慕春色
我又何必在意褪去身上透彻心扉的红
依稀记得离别的下午
我是一条让开的路，我的孤独
是岸，是那株单瓣的兰
是流水之上漂浮的一堆词语
因过多考虑水的感受
以至于忘记裸露的胸膛，正被一点点掏空

不敢想，多年后还将失去什么
如果你是一道彩虹
注定会出现在我哭过的地方

（原载《绿风》2020年第5期）

南　湖

◎小红北

越来越喜欢待在湖边，时间
在护堤上一节一节伏下来
喜欢把自己换成云，每一次仰望
都换回一个可靠的低处
它收集了太多的身外之物
倒影是湖的身外之物，云也是
我也是。一片湖的意义
只是曾经有人手牵手路过
喜欢它物理上的绝对平静
喜欢它向深处的每一步都略有停滞
不少事情都忍住了，与万物心照不宣
在一个巨大的洼地里出生
怀抱更加巨大的凹形。把天空还回去

（原载《作家》2020年第5期）

夜 行

◎唐德亮

夜行的时候
山不见高　路不觉陡
我是我自己的光

黑黢黢的影子穿行山峡
匆匆足音直抵白昼之门
鸟言。虫语。竹的呼吸。木的鼾声
刹那的惊悚，在大山腹部
飞起又坠落
风掀动的浪　只能感受
而无法看见
黎明将一切恢复本来面目
几缕红霞飘来
与眼中的血丝相融
心之四维　一片涌荡的潮声

（原载《诗选刊》2020年第9期）

散 步

◎麦 豆

就是因为散步
便轻易喜欢上了沿途的一切
鸟鸣，瓢虫
青松自不必多说
它的美
和无用
早已被我视如珍宝
让我惊讶的是那些碎裂的花岗岩的断面
在阳光下闪闪发亮
枯萎的
挂在铁栅栏上的毛茸茸的藤叶
在风中飘荡
它们无人问津的样子
让我驻足
良久

（原载《安徽文学》2020年第4期）

天，只剩下蓝了

◎如　风

那朵深锁半世的花
在黎明前坠落。此后
再也没有什么可以向岁月交付的了
你知道，北方已是深秋

欢愉如此短暂。那束光，如流星
向着东南方飞走了
之后的虚空，让黑夜更黑
这是凌晨六点，石河子在沉睡
在一张纸上
她静静盛开，又轻轻合拢

晨曦一点一点照亮人间的时候
那张纸，已风平浪静
她在黑暗中写下的，一字不留
没有潮水汹涌也没有风沙滚滚
她看见群山静默
天空更空
就好像幸福和悲伤从未来过

而云端之上，有人低吟——
“天，只剩下蓝了”

（原载《伊犁河》2020年第1期）

必　然

◎冷眉语

时间的针转了一圈
掳去它的枝叶
鸟结伴而去，剩下树本身
在黑夜里对峙
有几片叶子
不肯落下来
这偶然事件有其必然性
我说不清，我属于哪一片

（原载《诗歌风赏》2020年第1卷）

月 光

◎葛筱强

在大围子村，提前降临人间的月光
常常是用来否定黄昏的
犹如那些落日中无限辉煌的鸟鸣
常常在晚风的吹拂下，纷纷
熄灭在我的侧耳聆听里
而树林的阴影，总是在月光的背后
抬起头来仰望满天星斗
那漫漫银河的对面，就是
无限安宁的辽阔草原

（原载《人民文学》2020年第8期）

百丈漈：爱的深渊

◎袁东瑛

遇见百丈漈就遇见了银河
这星辰的碎片，大海的飞花
压向心头的峭壁
多么决绝
为了一次塌陷的爱
一次俯冲

这些颤抖的泪水
止不住的爱恨
一次次走向生命的纵深
河流再次被逼上绝境
而我必将是断崖下的一滴水
我说，我爱这深渊

李白情长，白发三千丈
百丈漈只是其中最为疼痛的一根
不要归咎爱的对错
我失手碰翻了自己命运的水
必将义无反顾地交出自己
以清白之身，以铮铮铁骨

（原载《诗选刊》2020年第5期）

晨间事物

◎田　暖

当我睁开眼睛，对着你呢喃
仿佛花朵捧着蜜
蜜蜂把蜜缓缓注入人间的痛穴
是啊，我说到了一颗心
无法说出的
就被沉默打住，光的影子
落在树叶的背上
一只瓢虫正蛰伏在蚜虫的翅膀中间
再低矮的屋角，都被阳光照着
这一切，都让一滴露珠
清澈的神明，看到了
它看到了，就流下了眼泪

（原载《西部》2020年第3期）

方山雪

◎涂　拥

每年春节，必有一场大雪
纷纷回到泸州
带来一小片欢愉
酒杯中的千山万水
还没有喝干
雪便悄悄融化了
只有少数到方山云峰寺
烧香拜佛的人
才能见到幸存的雪
逗留山顶。寺中僧人
任由这些雪
匍匐在菩萨膝下
不言不语

（原载《中国诗人》2020年第2期）

沉默的人

◎秀　枝

一个沉默的人
你不知晓她的歌声和风暴
也不知晓她体内长满沟壑还是巉岩
不知晓她爱花朵还是白雪
她有没有泪水，呼吸是急促还是缓慢一些
一个沉默的人
她让波涛潜向海底，让雷电返回内心
她捂紧沉重的石头
她的悲伤渗入骨头，一次次咬紧了牙
一个沉默的人走在尘世
形同一粒沙子，一滴水
她不停地凿石取火，竭力积聚星星点点的火苗
终有一天，向着生活的冰冷和黑暗
倾泻而出……

（原载《文学港》2020年第10期）

大 寒

◎夏　午

然而，雪在融化
在一年中最冷的日子，我们站在冰面上
看着雪，像冰激凌一样慢慢融化
脚底的冰，猝不及防——
又像是预料中的，突然——
碎裂；与其他碎裂的冰块一起
向命运不负责任随手指引的某个地方
冲撞过去
沿途的风景，与平日所见
并无不同，却在急速退却中
与我们过往的岁月一起，因坍台而陡峭
因模糊而显得美丽
这是我们一生中最后的日子
冰块继续碎裂
在一个急转直下处，我们听见自己的尖叫声
雪还在融化
在不可预知的命运前，我们竟闻到了雪
融化时的甜蜜

（原载《星星》2020年5月上旬刊）

我们和草木再生的相似

◎柳　苏

为勃发的草木，庆幸
意义归于：再生
从秋风落叶开始，到上冻
掐着指头数完九九，大地回春

经不住融融暖风几天吹拂
树皮泛青，嫩湛湛的草芽钻出地表
眨眼工夫。东一坡，西一洼
南梁，北峁，悄然间遍染绿色
转身。粉，红，白各色相缀
稠匝匝的花朵挂满枝条

眼里生出的风景，多么广袤
蓝天、大地又一次对接，成功
可美好背后那场劫难，还曾记得
刈割，践踏，风寒，冰冻
多少生命消失，换来这场再生

喜欢在相近的意义上，捋来捋去
春天，草木的再生父母
人同样分享着春天的浩荡恩赐
都是春天的子民。春晖之外

说到命运里的煎熬，磨难
发现：我们和草木同姓，近乎同宗
他名草木，我称草民
我们是苦苦相依的弟兄

（原载《青年作家》2020年第8期）

此起彼伏

◎周菊坤

山道上的佛号
伏下，又起身，虔诚

贴近石级，清凉的呼吸如霜
草丛和苔藓是森林的葳蕤
乔木的枝条把天空切割成百衲衣
岩石丰润，露出罗汉的表情
宝塔高高在上，他们的身躯
隐入山体，托举
一尊大接应佛，俯瞰
苍生的眼神，如此悲凉

起身，头颅高扬
另一种谦卑，世界还原虚妄的影像

此起，彼伏，是山的轮廓
与袅娜的红尘共舞
风乘机遁入疏林
云在枝头一脸的默契
它什么都不知道

（原载《作家》2020年第4期）

冬　天

◎张晓雪

如果下雪，就
心如白纸
你开始平息睡眠
收回了所有的
膨胀

如果结冰，就
只好放下形式
你开始禁闭躁动与溽热
凝结所有沉寂的
气息

冬天，不谈繁花和
它们的命运，不谈
光线长短和它们的
轮回。因为天
迟早要转蓝，变暖
——对它们，是渺茫的
事情

（原载《鸭绿江·华夏诗歌》2020年第3期）

在植物园散步

◎宁　明

一面湖，在鸟的眼里
就是一碗水
青山把它端得再平
水，揽进自己怀里的影子
也总是有多有少

这只老碗
已修修补补多少年了
盛的水也越来越少
但插进湖里的树影
并不能测出它的深浅

湖面上的回廊和小桥
像几副大锔子
防止裂纹的碗漏水
走在上边的人，仿佛都小心翼翼

园里许多树都很有名气
我们也算是熟人
见面时总会点点头
却彼此叫不上来对方的名字

（原载《中国诗人》2020年第1期）

蝉未完成的交响曲

◎段光安

夏日正午蚱蝉寒蝉蟪蛄
多群奏婉转起伏
甘美的音流潺潺莹莹
若行若止均匀分布
啄木鸟的木琴不时插入
画眉一段急奏如思如慕
蝈蝈儿潇洒弹拨吉他
松鼠欢快击打松子手鼓
水蛭敲叶子的多变节奏
蚯蚓发出一组组微弱的断音符
蝉统领的巨大乐队
洋洋洒洒演出
蛛网、年轮、蜂房状的交响
旷远持久

突然一声枪响撕碎旷野
蝗群变调的钹声撒向深谷

（原载《诗潮》2020年第1期）

那棵红树

◎彭　鸣

那棵红树
是我

千年之后的我
在一天天一年年
盼望和等待的年轮中
守护着内心
童年时的过往和诺然

我知道风和太阳会改变
事物包括你的方向
但我的方向
始终是你在的方向

没有人敢约束我的心
我内心涌动的枣花啊
是我年年岁岁
窸窸窣窣的相思泪
我从小树长成今日的合抱之粗
长成今日参天的婆娑
是我被思念的雨水哺育而成
我的根抓牢了我在的故乡
我的天空因思念而如此湛蓝

如果思念是一种疾病
我的病已然把我养大
我带着深秋无法拒绝的红透
裹住你

随便一片红叶都会打湿你的青衫
而你这家伙　总是走着走着
把自己走丢　走缥缈
年小的时候我还会害怕　哭泣
至于现在
我不会再
我会把自己画下来

随便扔个漂流瓶
你都得接收　接受
就这么从了吧
没有人敢长在你灵魂里
左一脚右一拳头折腾

（原载《艺文论坛》2020年1月）

回乡书

◎王文军

春天之后我就住在村里
乡亲们陆续而来
又陆续而去
他们看似过上了渴望已久的生活
空茫的眼神，却藏不住
骨缝里的拘谨和悲凉
其实，这些年生活在别处
我心中积攒的酸疼
是村头密密麻麻的杂草
再浓的树荫也遮不住
再凉的秋风也吹不走
很多时候，我更像
一个在大雪中跋涉的人
突然遇到一堆篝火
却被它的火焰灼伤

（原载《海燕》2020年第2期）

春　天

◎胡　弦

一滴蜜
不会选择醒来，当它从

匙尖上滴下，
舌头像个假寐的幽灵，

玻璃瓶像明亮的陈述。一滴蜜
在环状的光中退回到
语言底部象形的部分。现在，

抒情是会意，
甚或脱离了会意。现在，
风无所得，一群孩子像糖块，一只
蜜蜂在油菜花田
飞得慢。它被

一滴蜜缠住了，嗡嗡的
喊叫无益于
便便大腹重量的减轻。

（原载《上海文学》2020年第8期）

默　念

◎娜　夜

我默念着一些好词
一些好东西就进入了我的身体
身体动了一下
它在表达感知美好事物的能力
当我把一些词还给词典
一些锁进抽屉
这些词把我带进了幻想……和
重温的喜悦……

（原载《草堂》2020年第1卷）

高山流水

◎西　渡

在他未弹奏之前，你就听见了
那正在他心中渐趋形成的声音
仁者的胸怀“峨峨乎若泰山”
万物仰承阳春德泽，万木葱茏。

而智者的心起伏不定，“洋洋乎
若江河”，随物赋形，变化万千
而万变不离本性。那琴手走过的
道路，在他的弦上不断地伸延

海上孤独的日子，海水的汹涌
海鸥的尖鸣，垂天的巨翼，似乎
永不停歇，从他的腕底倾泻而出
直到他攀上了那无限的峰顶：

天下卷入他的袖中；他看着你笑
在你和他之间，是一个伟大的尊者
那引领高山流水的，也引领你和他
把你俩安置在同一根古老的弦上

高山的脉搏是他，流水的呼吸是你
你俩呼吸着同一个大生命的呼吸
你们是孤独的两个，又是神秘的合体
世代合奏着同一曲智和仁的颂歌

（原载《诗潮》2020年第1期）

歌

◎沈　苇

石头碎了
我变成无数沙砾了

河流干了
我搬到云上住了

歌声歇了
我的羊皮鼓响了

忧愁散了
我的苍凉登场了

胡杨死了
我的骆驼刺复活了

（原载《上海文学》2020年第8期）

要习惯于……

◎李寂荡

雨刮不停歇地刮着车窗玻璃
雨是没完没了地落下，如止不住的哭
要习惯这雨天的阴冷
要习惯扫了又落的树叶
“山无棱，江水为竭……”
誓言不是谎言，然而已形同陌路
要习惯于生命中的到来与离去
尽管来时如海啸，消失如微澜
要习惯于市井中的陷阱，或者侮辱
习惯于衰老，以及日暮的孤独

（原载《诗歌月刊》2020年第4期）

以阳光为例

◎张执浩

什么时候
比喻让人难为情了
以阳光为例
灿烂是什么
明媚是何意
噢　那一团
遥远的篝火
在宇宙升起
看过朝霞的人
不屑于见落日
什么时候
我活成了一个
没有喻体的人
在朝霞与落日之间
摇来摆去
光打在身上
稀释了我反抗的勇气

（原载《大河诗歌》2020 年秋卷）

午夜散步

◎桑　克

从泥之谷出发
就能受到凉风的庇佑
夏天还没退位呢
油蛉拍马屁的声音仍然此起彼伏
拐到寺前街，其实就是东大直街的起点或者尽头
几个人扯着嗓子唱歌，皖北民歌或者苏北民歌
或者按照苏联方式改造过的民歌
一只终于摆脱绳索的猛犬在榆树间乱跑
蟋蟀们一响一默试探着靠近者的企图
寺门关闭，垂吊的银白路灯光照进
松林的阴影之处。街路显得比白天时宽阔
因为现在没什么人吧。我抬头望见微红的火星
望见缓缓移动的夜航机，还有摩天轮顶端
闪烁的变色指示灯。我走到
圣母安息教堂钟楼下面，密集的葡萄叶
几乎盖住它全部的表面，透过栅栏
还能看见入口处安全闸门的蓝灯也在闪烁
我明白这里其实并不寂静
但是心里却是舒服的。世事全都留在白天里了
那么就把夜晚全都留给灵魂吧
秋虫们似乎已经明白这层意思
及时地更改着腔调

（原载《星星》2020年1月上旬刊）

八　月

◎颜梅玖

天空蒙上了灰色的幕布
被阴影覆盖的田野
却分外明亮
一大片葱绿的薄荷在田埂上蔓延
一股奇异的香
我忙着认它们的名字：朝天椒，秋葵
芋头，冬瓜，丝瓜，芝麻
莲蓬从绿色的喉管里
散发出阵阵清香
稻田连着甘蔗林
扁豆爬在矮墙上开出粉紫色的小花
几只白鹭飞过小拱桥
在田野里闪出一道道白光
它们的翅膀在空气中震颤
像思想：近在眼前却难以捕捉
当我试图靠近
它们已经消失得无影无踪

（原载《鸭绿江》2020年3月上）

一棵青草的形而上

◎卢卫平

雨洗过的青草
青翠嫩绿
一只老羊低着头
羊嘴离草尖的距离
近得像我在琢磨一个
新名词时我手中的笔
与绿格子稿纸的距离
我在等羊吃完草抬起头
但羊没有吃草
也没有抬头
草上挂着的雨珠
晶莹透亮
羊在低头思考
一棵青草的形而上

（原载《作家》2020年第10期）

牙科诊所

◎冯　晏

听到晨光打碎玻璃窗完整的脸
电动躺椅嗡嗡作响，深冬慢慢倾斜
被牙齿固定在座位上的那个女患者控制住呻吟
耳内有几只蜜蜂加速逃离花蕊
有一种等待，是片刻的僵直，屏息，进入麻醉
器皿从铁盘里被一只手轻轻拿起
清脆，刺耳，闪电藏有利刃
在眼睛与头顶照明灯对视的一刹那
一根钢针返回，你听见轰鸣般空转
从逼近、刺入到撤离
子弹一直像冷风里穿梭的雨丝
麻药，美好的无感，持续深入一颗智齿
树木被晃动，直至根茎发出最后一丝链接
你失去了被种植在体内的时间一角
迷失于被自己损坏的骨头
你开始对被忽略的一些生活细节，致歉
疼痛又加深了，一些词拥挤在根部

（原载《作家》2020年第8期）

惭 愧

◎大 解

啥叫险峻，高不可攀
太行山的绝壁，让你傻眼
我看一眼腿就软了，而鹰还在盘旋
随意上下，好像是一场表演
简直佩服死了
下辈子我想做一只鹰
此生我属鸡，就没指望了
一只公鸡，既不能下蛋，也不擅飞翔
空有一双翅膀，惭愧啊，惭愧

（原载《诗选刊》2020年第6期）

玻璃桥

◎高春林

从前是吊桥，摇一摇
就心旌；现在是玻璃桥
瞬间上升的悬幻之境
踩在透明的半空，让腿软
我读柏拉图，理想国的人
要有还魂术以及灵魂的粮食
绝不是一种悬空感——
在清晰的河流之上
在滚石，甚至乌云之上
一种宿醉，生出虚无的细汗
“没有过不去的桥。”
一种很小的鸟也即飞翔
一个栈道也即身体里的胆识
还能想到什么？空洞太多
但时间为有它的岬角
但我们的词为抵御某种危险

（原载《作品》2020年1月上半月刊）

7月21日夜

◎任　白

我坐在街心花园的长椅上
花园坐在7月21日的深夜里
星群垂落像十万盏吊灯
风中细语如一片激动的水晶

我想到人类的年龄
想到每一天都有人去天上挂一盏灯
该有多少光亮垂怜我们
该有多少挂灯者化作远远的雷声

我想到此刻还有人坐在星群之下
想到岁月该如何走上正义之途
让痛苦不再背叛前世的痛苦
让时间宽待来世的时间

我想到深海有蓝鲸歌唱
深空有土星圆舞
而我身边的草丛里
瞌睡的天牛安卧故国

是的，此刻我感到琥珀般的宁静
感到我闭上眼睛
已将万物揽在怀中

（原载《诗刊》2020年第9期下半月）

鲜花宁静

◎谷　禾

鲜花开在那里。鲜花
宁静

鲜花开在草原，河谷。鲜花
开在山坡
鲜花开在孩子和羔羊的眼睛里。鲜花
——开在墓地

风吹……风不吹。鲜花，如此宁静

大地缥缈，天空无限
活着与死去的人，一次次从芳香中走过

（原载《天涯》2020年第4期）

在石村

◎龚学敏

薰衣草走在路上，山坡紫色的叫鸣
是从未有过的整齐
树脂的公鸡用施过除草剂的钟点
边模仿精致主义的
茶寮，边模仿古风
纳凉
玩具的枪瞄准路上的汽车，它们是
农田资本过后
新衍生的猎物

三角梅的印刷机在行人的路上
复印出红色，像是裸露的心脏
走在身体欲望的前面

照相机把规划图拍成游人的背景
一边画饼，一边充饥
直到所有的饼都成为饥饿本身
而且，每一条路
都是经济

在石村
人造的景点像是新写的聊斋
给艳遇搭玻璃房，建钢架屋，唯独
少了异史氏
曰也不是，不曰也不是

（原载《广西文学》2020年第10期）

远游概论

◎姜念光

天外天乃是一种万有引力
远方与远游者，互为陨石
如此，花半开与鸟飞尽
会具有同样的力道
若书写自传，以山水为刀笔
雕镂灵魂的无穷的花纹
若心向往之，身不能至
事物便皆无定论
言说便皆是前提
那么诗歌的宁静的逼问，将会
出现斜阳、意外和惊讶
人的汗颜将给出千堆雪的答案
乘风归去后写下的乡愁啊
有可能是鹿，有可能是马

（原载《扬子江诗刊》2020年第4期）

银杏叶

◎荣　荣

你走之后　我与世界的关联又少了
他们谈论的现实里没有我
暮色合围的灰暗隔间
我独自失陷　不再四处张望

有人走过　看见了我曾经的孤寂
四面脆薄的透明玻墙
他想出声喊破　仿佛好玩的事物
就像语言一再被组织着　言不由衷

我也看见了我的孤寂
它就在角落里
顶着一张银杏叶新鲜的嫩黄
一个粗鄙的存在

这也是我的一个现实
你走之后　我与我的孤寂
也将渐渐失联

（原载《作品》2020年2月上半月）

痕　迹

◎程　维

我尊敬这白纸
就像舞者尊敬舞台
我的诗只能写在纸上
还不仅仅如此
偶尔也跑跑别的场子
可唯有这纸令我信赖
值得我敬惜
现在纸越来越少了
一个时代正在把它遗弃
繁华的舞台盖着白雪
我仍是它的观众
并且仍在纸上起舞
仿佛飞鸟落地
要在雪上留下一点痕迹

（原载《诗潮》2020年第9期）

又见布谷

◎林　雪

白昼奇异如梦
草木刷新了过错
一匹老马用铃铛回应着世界
天空刚平息了一场慌乱

再听到布谷鸟鸣叫
我已到中年。它也不是
20年前海滨树林里
啼出少年新生世界的那只
在另一个世界
另一个清晨

它刚刚从波浪中飞回
高高站在树梢，又镇静又孤单
没忘记独自歌唱

像一次大胆的试探
又像小心的密谋
像本地被四季同化的原住民
指出你的虚空
又像来自他乡的裁缝
用鸣叫
把无形却破碎的心灵补上

风暴回到自己的位置
现在怒放的阳光
在夜晚却变成钢铁
时光如此流逝
曾用力生活的人
多有接近终点的疲惫
唯有遗忘才是获胜之道

（原载《作品》2020年6月上半月刊）

俯　瞰

◎朱　零

在雪原上
我一直对着这群牛羊
发感慨，抒情，深思
替它们的命运担忧
为它们终日觅食
最终却逃不出宿命
而哀叹

当我转过身来
身后空无一人，大地空茫
此刻
如果有人在另一座山岗上
向我这儿眺望
他是不是也会
把我与羊群混为一谈
在心里赞美我
为我抒情，替我的命运
担忧

当上帝俯瞰人类
一切都不值一谈
当我们俯瞰万物
嘴里却喋喋不休

（原载《长江文艺》2020年4月上）

愉快过程

◎王学芯

镜照的晚年
和任何人自己的过度和完美　我想
大家的默想一模一样
趋于一致的简洁明澈　幻想时刻
是那
感染眼睛的月色
胸膛里洁净的房间
一件无瑕的衬衣　一处广阔似床的海岛
或一次模拟跳伞　一次冬泳　一次滑雪
或一茗香茶　一茗悠然　一茗微笑
以及听话的脑袋
服从的肌腱
这些体内合适的诸如此类
我想　大家的心脏都是一头野兽
在从幻想之巢
跃向真实山脊
并在岩石之上坐看云朵的桃子和日出
万物涌起无垠的葱茏
而当这种愉快过程成为确定的行为
那么　我们所拥有的坚韧
就是一种时间的倔强

（原载《作家》2020年第7期）

西格里城堡

◎龚　璇

西格里的早晨，抛空的神谕不忍再读
谁，置身于孤寂，内心隐隐作痛
无底潭，五重阁，墙雕，或彩绘
唯一相似的，只有哀怨的表情

没有人为我指路。偌大的巴西吉庭院
阿克巴的幻影，虚作褴褛的记忆
坐化风中。红砂岩，时间的血痕
仿佛浮世的绵针，直刺不易察觉的心绪

我，坐在废石一边，茫然若失
反复确认番石榴的气息。因为什么
束之高阁的命运，不愿说出它的秘密
一道道历史的暗纹，我，又怎能轻抚？

墙沿边，两只鸟儿追逐着。我听到
落叶的悲歌。“爱的一切都去了
就像秋天夺走的美丽花园
我，只拥有记忆中的辉煌”

（原载《上海文学》2020年第7期）

夏日最后一天的静物

◎玄　武

青红的桃子，默默在小几上
细微的绒毛，像少女逆光中的脸
我默默吃掉它。几空了
房间里似乎有悲伤弥漫

狗吠了一声。气流在动
花边一颗水珠欲滴，我没有碰它

诸物将隐的时刻，花之洁净
如其上照临的月亮

（原载《北京文学》2020年第4期）

贝　壳

◎宋晓杰

它微微的弧度，是低垂的睫毛
是美呈现出来的侧逆光

它不是耳朵
却能听到大海疾驰的马蹄声

它不是活物
却养育了珠贝和眼泪

海水虽咸
不吐就不是苦水
洁白的牙齿，紧闭
配得上“不说”的命运
偶尔，会听见它伏在沙上哭
是谁伤的膝盖，冰凉
隐隐作痛?

——易碎之物
因毁灭而价值连城
它拒绝
折中或折腰

（原载《草堂》2020年第3卷）

我想与一匹马说说话

◎喻　言

想站在马厩边
鼻子里塞满草料的气息

想牵着缰绳
耳朵里灌满轻盈的马蹄声

想看见它一边低头啃着青草
一边摇摆着尾巴

想一边抚着它的鬃毛
一边对着它的耳朵
轻声说话

从巨大的落地玻璃窗望出去
城市有无数条马路
却没有一匹马

就在此刻
我禁不住仰头
发出一声长长的嘶鸣

（原载《星星》2020年4月上旬刊）

倒计时

◎李　云

从诞生那刹起
你就进入了倒计时模式

你朝它一寸寸挪近
终点，黑洞和磁场
你无法抗拒它的吸引和吞噬

只不过，平日我们都没有意识到
它的存在

我们嬉笑，远足
酗酒，接吻，运动

直到有一天我看到一只螳螂
在吃自己的尾和身体时
忽然我摸摸自己的脊骨
有了惧怕什么到来的恐怖

（原载《诗潮》2020年第7期）

状　态

◎亚　楠

惊蛰之后，一场雨就
把寂静清零
而我恰好可以借此
走出屋宇，走出一个季节的
落寞

然后朝向远山
看大地沉浮。清亮的河水
契入了
一道道金色闪电
无论多么遥远
在睡梦中
那些可以看见的雷霆都是
装饰品

此刻，从未有过的沧桑
沿雨幕落下来
都滑向
接骨木的那一边
我被微弱的呼喊缠绕
进入风暴内部
却无法
止住一棵草悲伤的泪水

（原载《天津文学》2020年第6期）

我有……

◎汗　漫

我有木椅，四条腿假装为一匹马
我有地毯，像草原和马粪绵延无迹
我有电脑模仿远山，废纸篓
像不准确的言辞们跌下去的深渊

我有书房，四壁像隔离带、边境线
我有衣架，帽子和大衣重组为新人——
放弃头部和肉欲
一双旧鞋子能把他带向哪里

我有熨衣板，妻子熨衣服的姿势像热恋
我有客厅，丧失故乡像丧失卧室
我有电梯，堕落的速度快于升华
我有小街道像树枝结出水果和孩子
我有河流，在小街道尽头汹涌入海
我有暮年，收复惊喜和天真
像暮色里涌现一轮新月
我有长眠，草香和马嘶无边无际

（原载《诗歌月刊》2020年第7期）

茶

◎庞 培

我喝的是比咖啡还要浓的茶
我有时也喝淡一点的茶
白茶、明前、惊蛰茶
抢在大雨落下之前摸黑采摘
飞快烘焙出第一批春茶
炒青。在漆黑蜿蜒的山道上
我喝的是江河之水
淙淙切切的山泉水
水的抚慰正在农家的灶台上
追赶袅袅婷婷的山野的抚慰
黄昏时田间的碗茶
地平线上滚滚春雷
从疲惫农人的喉咙口落下
在我的书房里
茶是摊开的书页
在我头顶的山林里
曙光和积雪正在融化
我身体的富饶植物带
正在接受遥远印度洋的季风
那里，势不可挡的《荷马史诗》
喜马拉雅山脉东麓充沛的降雨量

茶叶表面的无辜温和
照耀一个寂静的庭院
我在那样的一个黄昏里
正独自享用这人生若梦

（原载《草堂》2020年第4卷）

剧　院

◎包临轩

演出大幕，并不常常开启
剧场的寂寥，令夏日
生出一股料峭寒意，掠过
水草般的灵魂

造型简约，金属外立面波光粼粼
炫耀建筑奇观
仿佛一朵蘑菇云，尚未腾空

它的内里，是否在黯然神伤
城市的空洞，由来已久

脱下演出服，钢琴家和小提琴手
默默走在剧院外的草地上
谁人识得他们
夕照，染红了两朵落寞的灵魂

音符犹疑着
飘落在波斯菊
和灌木丛起伏的缝隙里
这难以预测的潜伏，等待贝多芬
从音乐深处，蓬勃而出

（原载《中国诗人》2020年第4期）

往 昔

◎小 引

冬天我来过这里，秋天我再次到来
仿佛一年之中季节颠倒
一个看过落雪的人，重新目睹了落叶
斡难河的流向会不会因此变化
但也许只是错觉
晨光中袅袅炊烟安慰着大地
而大地沉默，安慰着我

（原载《诗歌月刊》2020年第4期）

九　月

◎古　马

一把手术刀为我
重新打开一扇朝向街道、郊野和天空的大门

从麻醉中醒来
我的眼睫像暮色中菊花的雄蕊
贪婪地呼吸着星星的露气

……已经得到的和必将丧失的，我都忘了

（原载《江南诗》2020年第1期）

躲进一个词

◎陈陟云

今夜，躲进一个词里
在那里孤独，失眠，无端地想一些心事
在那里观照事物，获取过程
把鞋子穿在月亮上，让路途澄澈，透明
对应体内深切的黑暗
把发音变成鸟语，牙齿便长出翅膀
咬一溪流水，噬两畔花香
如若意犹未尽，把眼睛守望成露珠
映照草尖上的另一颗
这苦痛的附加之物，瞬间被纯净照亮
光晕拖曳生命的本质
抵达无人可及的混沌深处
或者，干脆把皮囊脱成一袭黑衣
脱去一生的长吁短叹
骨骼也是一个词，从语言遮蔽的背面
进入另一个词
在那里打坐，面壁，坚守

（原载《作家》2020年第9期）

总会有一个人

◎李　南

总会有一个人的气息
在空气里传播，在晦暗的日子闪闪发亮
我惊讶这颗心还有力量——
能激动……还能呼吸……
和那越冬的麦子一起跨过严寒
飞奔到远方
总会有一个人
手提马灯，穿过遗忘的街道
把不被允许的爱重新找回
总会有一个人吧
在我失明前变成一束强光
照彻伤口和泪痕、我经过的山山水水
冷杉投下庄严的影子
灰椋鸟忧伤地在林中鸣叫
仿佛考验我们的耐心，一遍又一遍

（原载《凤凰》2020年上半年刊）

外祖母的事情

◎于　坚

外祖母是一个做小事的人
芝麻大的事　做了一生
她起得早　五点就摸黑扫地
老眼昏花　她看得见黑暗
在曙光中她抹去一层层灰
就像那些诚实的女仆　举重若轻
尊重每一件　盐罐　油瓶　火柴盒
灶台　餐桌　窗户　次第抹过　一道光跟着
苍老的手　她的女权　年轻时还走去井边
提一桶水　表情庄严　仿佛是去寺院上香
从不洒泼一滴　直到提不动　她一直是
长辫子女子　脚步稳重　崇拜棉布　晚年
消瘦于秋天　整个正午　坐在阳光下穿针
引线　补袜子　钉纽扣　剪指甲　落日
跟着她进屋　施舍一只瓦色的猫　从墙头溜下
伸出舌头　看着它心满意足　仿佛一位尊者
她低头扒散簸箕里的葵花子　好让每一粒都
见到日头　老态龙钟　天长地久　一件事跟着
一件事　每一件都没有色彩　可以视而不见
可以忽略不计　她一辈子都在积累无能　看上去
就像一个故事　从前　有一位老巫婆　蹲在永恒的
大海边　一粒一粒洗着沙子　沙滩　闪着微光

（原载《天涯》2020年第4期）

永无止境

◎孙文波

书越读越多。从小学课本，用了九年
你到达一篇文章赏析。它告诉你它的来源
在于一本古书，在那里，圣人论说天下
把道理引向几本书。正是这几本书，繁衍出
更多的书。总有人在书中谈论书。还有人
从书中发现了新的书。追踪似阅读，让你从
一本书到达另一本书，从另一本书中
发现新的书。它使你翻开一本，另外的就在旁边
等着你；变成了一生二，二生三
阅读变成永无止境的事情。让你发现，书不是
越读越少，是越读越多。如果比喻，它就是一条河
越来越长，分岔的支流越来越多，它就是山
不是一座山，而是群峰连绵，翻过一座还有一座
如果回头张望，你读过的不过是
刚刚绕过一条河的几个支流，还没有进入主流
刚刚登上一座小丘，连一道陡崖还没有
翻过。太惨了。譬如你花费十年看到一本书的秘密
又花费十年才发现，秘密中间还隐藏着更多秘密
它让你不得不再次回到开始的地方重读
再一次，你面对的已经不仅是书，是书的宇宙
这真是相当恐怖的事情。古人说皓首穷经

你发现首是皓了。但经却无穷。到头来，大概
你只能这样想了，书终会成为你的葬身之地
埋葬你的不是众多的书，是一本。仅仅一本
你永远看不到它后面有什么。……原始之书

（原载《江南诗》2020年第1期）

黑色纸蝶飞舞

◎翟永明

黑色纸蝶飞舞时　那些被
一根火柴焚毁的纸片
慢慢腾起　好像一个时代倾覆时
腾起的火山灰尘
那些粉尘落到某个人的身上
并非山一样沉重
而是空气一样轻盈

爱、青春、奉献
信物、誓言、真理
这些字词从火焰中飞升
脱离了意义的羁绊
飘向上一世纪的隧道
像那些道具孔明灯
火焰腾起的灼人温度
也属于上一世纪
甚至　上上个世纪
本世纪属于V字手势和表情包
属于弹幕与抖音
黑色纸蝶　飞舞进美颜视频

（原载《天涯》2020年第4期）

阿尔山

◎侯　马

离开阿尔山的
最后十分钟
我匆匆翻阅
宾馆房间里的
阿尔山植物图册
原来我妻子
使用多年的微信头像
名字叫做绣线菊

（原载《中国诗人》2020年第1期）

爱真实就像爱虚无

◎韩　东

我很想念他
但不希望他还活着
就像他活着时我不希望他死
我们之间是一种恒定的关系
我愿意我的思念是单纯的
近乎抽象，有其精确度
在某个位置上他曾经存在，但离开了
他以不在的方式仍然在那里
面对一块石头我说出以上想法
我坐在另一块石头上
园中无人，我对自己说
他就在这里。在石头和头顶的树枝之间
他的乌有和树枝的显现一样真实

（原载《红河文学》2020年第1期）

翻译家

◎默　默

大地也是一个翻译家
大地把寒风翻译成梅花
把春风翻译成海棠
再把暖风翻译成荷花

爱情也是一个翻译家
它可以把两个陌生人翻译成一对亲人
再把新婚之夜的激情
转译成一个哇哇啼哭的婴儿

利益也是一个翻译家
它能把两个朋友翻译成一对仇人
也能把一对仇人
瞬间转译成朋友

还有一种翻译家
他的名字叫诗人
他能把心灵的每一次悸动都翻译成诗歌
也能把所有的浪漫翻译成感伤

我们都应该学习翻译家
把前一秒的烦躁翻译成宁静
把此刻的苦难
翻译成来日的幸福

那天与你擦肩而过的时候
真想啊，真想
把我们的一见钟情
立刻翻译成白头到老

（原载《诗潮》2020年第10期）

弹 奏

◎雷平阳

在老虎背上放了一张琴
老虎也乐意听我为它弹奏一曲
但我，顿时失去了常态，不知道
弹奏什么曲子为好
最终什么也没有弹奏
就在老虎背上放了一张琴

（原载《十月》2020年第5期）

雨中瓯柑花

◎宋　琳

栏外将花，居然俱笑。

——庾信

如果一个外地人在水边的客舍醒来
在四月的晨光里呼吸急促，在明亮的雨中
初放的瓯柑花足以乱其目力
仿佛满城的橘树一夜间全都疯了
那些挂着水珠的，扑闪的，从里面打开自己的铃铛
摇醒了他，使他想起节令的紧迫

宿醉的他，依稀梦见的夜话
锁在了甜腻的雾中，沉入陌生的塘河
那条前去打捞月亮的彩船似乎不打算回头
他并不知道，春风那染匠的女儿
叽叽喳喳，奔袭而来，夹岸布列枝头的灯盏
且已用暗香吹燃他的内脏

橘树并没有疯。它含睇而笑
瞧见那外地人来到窗前，仿佛夺胎换骨
“戒掉孤傲，走近她，一切都还来得及”

（原载《江南诗》2020年第4期）

小心眼

◎李元胜

无花果很可爱，也很小心眼呢
它费了很多心思
把花园藏在球形的围墙里面

都以为它从不开花
其实呢，里面花团锦绣，宴席喧嚣
它秘密的园门
只有受邀的客人才知道

就像有些人，写着球形围墙的诗
过着球形围墙的一生
只有极少数访客
能幸运地进入他们的花园

（原载《瀚海潮》2020年芒种卷）

旧　事

◎尚仲敏

八十年代某晚，我去高尔泰家里
刚把烟点上，发现没有烟灰缸
高先生到处找，很着急
我看见桌上有个空着的茶杯
就这个了，顺手把烟灰弹了进去
整个晚上，我们相谈甚欢
谈的什么，现在已记不起来
一个名满天下的美学家
和一个初出茅庐的晚辈后生
一定是谈了八竿子打不到的话题
但很愉快、很温暖
后来在很多场合
高先生说，四川有个叫尚仲敏的家伙
太狂妄了，直接把我家的茶杯当成烟灰缸

（原载《鸭绿江·华夏诗歌》2020年第1期）

应 该

◎蓝　蓝

应该唱歌、写诗
因为石头没有手而泥土没有嘴

应该更多地做事
因为牢狱之门不会移动
铁条没有自由

应该微笑，并使你爱的人微笑
因为世间有人心碎，眼睑荒凉

把你创造的美喂给他的饥饿
让希望分蘖自己，增大它的田畴
如果你是一个村庄，一座城
你是从黑暗里走出的一群人

写诗就是泥土在唱歌
石头搂着溪流跳舞
是自由对牢笼说不

你微笑，你能够
你向众多的你，交出了自己

（原载《星星》2020年6月中旬刊）

街　道

◎张曙光

午后的光线照亮了街道深处
颤动而倾斜。一架大提琴发出的喑哑声音
肥大的叶子飘落在人行道上——
看上去很干净，应该是被昨天的雨所冲洗
记忆重重叠叠，像散乱的扑克牌摊在桌子上
一切变得陌生，当多年之后回到这里
风景在街道深处。街道在风景深处
当这些被午后的光线照亮

（原载《雨花》2020年第1期）

秋天的红颜

◎李亚伟

可爱的人，她的期限是水
在下游徐徐打开了我的一生

这大地是山中的老虎和秋天的云
我的死是羽毛的努力，要在风中落下来
我是不好的男人，内心很轻

这天空是一片云的叹气，蓝得姓李
风被年龄拖延成了我的姓名
一个女人在蓝马车中不爱我
可爱的人，这个世界通过你伤害了我
大海在波浪中打碎了水

这个世界的多余部分就是我
在海中又被浪费成水
她却在秋末的梳妆中将一生敷衍而过

可爱的人，她也是不好的女子
她的性别吹动着云，拖延了我的内心

（原载《鸭绿江·华夏诗歌》2020年第9期）

介绍自己

◎小　海

在树木和草丛的深处
有一匹马隐藏其中
悠闲自在地吃草
头也不抬一下

走在树林里
我们得扬起头
才能看到天空

我记不住别人的名字
也无法向它介绍我是谁
同样，它也是不解人意
站在墨绿色的阳光里
自顾自吃它的晚餐
真是太好了

如果它想起来
到空旷的地方溜达一圈
这可是我们长久以来想做
却并不擅长的

（原载《钟山》2020年第5期）

宇宙宽旷，仿佛眼前升起的荒原

◎海　男

我们很少去考虑宇宙离我们有多远
也很少去想象宇宙的形态。矿物质
将被人类的手逐渐掏空。我曾在一座灰蓝色的
高山峡谷中，像幽灵一样周转不息
并看见采矿人躬身进了一座座黑洞
他们要采撷矿产，他们要挖空人类的幻想
在海拔3000米的尺度中，一座山消失了
就像曾经我趴在地图上看见的
隆起而弯曲的曲线消失了
就像青春时代，目光忧郁的年轻人
从地平线上消失了。啊，宇宙宽旷
仿佛眼前升起的荒原。嘘，别出声
就让我们躺下来，这是西南边陲的荒原
如果想走到它的灵魂区域去
你必须就着野生灌木丛躺下来
你必须忘却银行中的钞票、房产抵押书
你必须忘却公证、教育、伪道德、遗传术
当整个身体空无一人，空无一食，空无一念
世界安静如初，你会看见宇宙
如眼前冉冉升起的荒原
古老的车辙印，生死未忧
母语中的音韵，繁殖生命的子宫
从你起伏的躯体上下，涌来了来自宇宙的潮汐

（原载《草堂》2020年第6卷）

立竿见影的事物

◎泉　子

他们追逐着立竿见影的事物
而不知道人世从来
并依然浸没于
一个永无止境的长夜中

（原载《人民文学》2020年第1期）

绿萝简史

◎臧　棣

将枯叶剪除，翻盆时
有些动作看起来就像盗过墓——
如果你否认，纤细的萝茎
会像掌握了你的小辫子似的
缠住你，直到你突然醒悟
原来有微微发霉的草叶
也需要蘸着清水擦拭。粗活结束后
你从未想过守护神的角色
这么容易就降落在
一个现实中，且和你关系密切
但是也可能，这只是假象
将有害气体吸收，将弥漫在
城市时间中的粉尘没收在
一个碧绿的献身中，不仅你
做不到，很多神也做不到
甚至多少钱也做不到，只有这
也叫魔鬼藤的天南星科草本植物
可以做得既漂亮又安静——
所以，谁是谁的守护神
你千万不能打错主意——
更何况，人生中有许多片刻

更像是它送给你的；譬如
一抬头，一轮中秋的太阳
仿佛紧握着白云的熨斗
正在将蔚蓝烫得像一件透明的天衣

（原载《人民文学》2020年第1期）

小鸟篇

◎余　怒

再次望向窗外时那只
小鸟又向前走了几步
棕榈树影围着它转衬着它白挠着它跳跟先
　前并无二致

（原载《人民文学》2020年第1期）

中　立

◎梁晓明

厅堂中立。秋风中中立。竹林瑟瑟在山中中立
一生苍白漫长，在海啸与种菜中
如何中立

在笑与不笑中频频中立，看见你
我的兄弟，握手握得不重不轻
生与死之间不偏不倚

做，或者不做，或者干脆坐下
手上的工作催你前行

谁能中立写完一生的诗章
我不行，悒悒向西
更多人走得更加混沌……

（原载《星星》2020年1月中旬刊）

现　实

◎严　力

我没能力
把笼中鸟都写到窗外的
树枝上去
那些已丧失了觅食能力的鸟
只希望
我把笼子的尺寸写大

（原载《诗潮》2020年第8期）

诗人的任务，在佛蒙特仿罗伯特·勃莱

◎王　寅

正午之前
黑狗从草地上跑过
乔治在收拾窗下的花卉
他的太太坐在树下的靠背椅上
脸颊一阵灼热
阳光透过树叶缝隙射来
草地忽明忽暗
是浮云经过的时刻
除草机的马达声
无端惊醒本地的精灵
不该写久未写出的诗
和当地有关的诗
而是要侧耳倾听
万里之外
铁器碎裂的声音

（原载《湍流》2019—2020年合卷）

回忆韩非子

◎柏　桦

一个人说博览群书，不过读了几百本书
世界之大，一个人一生只能去到多少地方
活到八十岁，一个人其实已经是死人了
还有句话说得更好，“没有太多的不适
这或许正是衰老的形式之一”

时间就是我的韩非子，长春还是北碚
没什么事，我总是想起我年轻时的北方
没什么事，劳其筋骨，天将降大任于我也
在长春，我的双腿曾经历了残酷的打磨
我终日躺在阳光灿烂的床上阅读韩非子……

谁说过动物怕痛和危险，但不懂得时间
而时间，比人想象的来得更快？或更晚
“时间就像是铁的长河”，我股骨上的钢板
好魔幻！一边离开一边回返，去哪里呀
回到北碚，我终于写出来了一篇韩非子

（原载《草堂》2020年第1卷）

江南曲子

——给车前子

◎马铃薯兄弟

我怎么能够拍下春日的阳光
阳光下的植物和姑娘透明的笑脸

如果这一切可以
我又怎么可以拍下夜晚的
半轮月亮，和月亮
照拂下层次凸显的春山

怎么可以拍下声音
凌晨四时，寂寞而勤勉的鸟儿
彼此的呼唤
把旅人从深梦牵出，交给朝阳

该如何拍下友情　岁月和记忆
隐现在时间褶痕里的人和树
老建筑离去后留下的传说
还有那些盛开的和即将谢幕的花

神奇地，我拍下了古国的一个瞬间
空山里的人语，古寺和苍木
不远处茁壮的新城像春天秀出的新芽
彼此恰好装在了一个画框里

（原载《作家》2020年第6期）

想　象

◎赵　野

想象一种传统，春日
天朗气清，我们几个
吟风，折柳，踏青草放歌
或者绕着溪水畅饮
我们会在冬天夜晚，依偎
红泥小火炉，看雪落下
此刻诗发生，只为知音而作
不染时代的喧嚣和机心

（原载《诗建设》2020年春季号）

我是我自己的反方向

◎梁　平

我是我自己的反方向
所以面对你就是一个问题
你的名字和根底，你的小道具
比熟悉的我自己，更明了
你是不是你不重要
你在和不在也不重要
镜子面前我看不见自己
别人的眼睛里我看不见自己
我是我自己的错觉
跟自己一天比一天多了隔阂
跟自己一次又一次发生冲突
我需要从另一个方向
找回自己，比如不省人事的酒醉
比如伸手不见五指的暗夜
只有自己跟自己过不去
才不会有事无事责怪别人
所谓胸怀，就是放得下鲜花
拿得起满世界的荆棘

（原载《中国诗人》2020年第4期）

没有人是一座孤岛

◎林　莽

这世界上没有谁是一座孤岛
约翰·多恩[①]不是　艾略特不是
夸西莫多也不是
虽然理智让我如此言说
但那个在大雪中卖火柴的小女孩
依旧令我心灵空落　爱莫能助

1666年9月伦敦那场大火
烧毁了圣保罗大教堂里所有的一切
一位诗人的雕像却保留了下来

他曾在一首诗中问这个世界
“丧钟为谁而鸣”
一个小说家以此为题写下了他的名著

大海的波涛永不停息地涌动
它维系着我们内心的波澜
是的　我们生命中那无限的煎熬
正与另一个时空的量子相互纠缠

（原载《诗歌月刊》2020年第5期）

---

① 约翰·多恩是16世纪英国玄学派诗人，诗人艾略特深受他的影响，海明威写下了《丧钟为谁而鸣》。

诗　人

◎叶延滨

他记住了自己犯的第一个错误
也是最后一个——

他冲着一个大肚皮的国王喊
他没有穿衣服……

所以现在他说出的每一句话
都穿着精致的外套

（原载《诗潮》2020年第10期）

读封城中的武汉友人诗作有感

◎李少君

诗是信号
是封城里生命微弱的呼吸
欢聚没了，广场舞没了，夜宵也没了
若诗都没有了
怎么证明人还存在
还有一口气，还有动静，还有精神

诗是灯光
可以照亮逝去岁月里黯然的事物
爱过的人、看过的电影
去过的阅马场、江汉关和知音广场
都会在诗歌里一一闪亮
给你些许的温暖和慰藉

诗是叹息，是依恋
是抗争，是无力然而不甘
诗是寒夜荒漠里熊熊燃烧的篝火
是茫茫大海之上依稀看见的岛屿
是长途跋涉疲惫不堪时
远处窗口传来的一声母亲的呼唤

诗是一颗颗跳动的心
是亲情、友情和爱情的回响
是心与心的感应，互相问候

是为彼此而歌，流泪然后微笑
鼓励各自坚持下去的勇气和信念

诗无法抚慰所有的人
那些嘲弄的人冷漠的人狂躁的人
诗也会援之以心
给他们以拥抱、以祝福
给他们以爱、以梦想、以希望……

（原载《中西诗歌》2020年第1期）

一行白鹭上青天

◎曲有源

大地掩埋了一切
只有一句
唐诗

飞出来
那是
一行白鹭上青天

（原载《诗潮》2020年第1期）

界 限

◎子 川

能见的天空
有一条你看不见的线
切割白天与黑夜

有一条线，划分月缺与月圆
还有许多你看不见的线
给出一个个界限

后浪推前浪，标志前后那根线
怎么画？画在哪里
花开花落，花开到什么时候
便开始落败

很久见不到阳光
太阳常常钻不出雾霾
又是一条什么线
让太阳突然探出头，照花人眼

（原载《读诗》2020年第1卷）

春天果园

◎张洪波

从冬季提炼出春天
梨花即将如雪
其他弱小植物刚刚返青
它们要看树木脸色而行动
或者初生

走进果园
泥土气息一股脑儿扑到怀里
刚刚那些泥泞
在阳光下干爽起来
心情也干爽
我这才相信冬天确实已经淡出

在一棵树下
看它身体变化
它身边所有生命都在变化
包括我

春天真好
谁也遏制不住万物自由

（原载《诗刊》2020年10月上半月刊）

夜听雨声淅沥

◎邹　进

雨水应该是斑斓的，灯光
变幻莫测，让淅淅沥沥的声音
触摸到一纸空言

夜色混沌如墨，亦如
孤独的伴奏，不停地按揉伤口
在你耳畔，堆满了虚妄

夜听雨声，就是经历一场洗礼
内心的荒凉，陷入真正的空茫

（原载《中国诗人》2020年第1期）

挖煤的人

◎车延高

那堆坟，是一条命
盖在土地上的印戳，很平常
只是个记号
但埋在底下的人特殊
他总在太阳升起的时候走进夜
熟悉的天空没有月亮
星星晃动，是活在头顶的矿灯
他是和黑夜打交道时间最长的人
从最黑处挖掘可以点燃的亮
沉重地喘，背着沉重
他知道煤不是金子
相信劳动的手把它运出去就会发光
煤黑，脸上的灰黑，眼珠子黑
就一排牙齿白
这个世界认识他的人不多
有人甚至瞧不起他
最豪华的酒店里，按开关的手知道
一盏灯
可能是那条命留下的一团磷火
扑闪，扑闪

（原载《长江文艺》2020年8月上）

慢行道

◎钱万成

慢行道
是小镇的围脖
也是小的项链
那些树木就是一串珠子
让小镇更加动人

那天
一个兄弟带我在这条路上走走
他说，大哥，你快来吧
这里真的很好
树比人还要忠诚

我相信这是真理
而且无须认证
沉默的石头也有思想
何况那也是生命

我好久不骑单车
那个时代已经成为历史
他说，你一定要试试
沿着这条慢行道走下去
也许可以走回童年

（原载《星星》2020年2月上旬刊）

万物之心

◎吕贵品

我听到大树说：可以把我锯成木板
但不要把我缝成棺材

我听到江水说：可以把我放进锅里
但不要让我煮一群小鱼

我听到高山说：可以把我凿成石块
但不要用我建筑牢房

我听到钢铁说：可以把我冶炼锻造
但不要把我制成噬血的子弹

我听到火焰说：可以让我起舞焚燃
但不要让我烧灼血水

我听到躯体说：可以只走一条道路
但不要让我跪膝匍匐

我听到灵魂说：可以让我言之凿凿
但不要让我阴谋告密
……

我之所以能够听到这些心声

因为我就是万物之心

我

是浩瀚的宇宙　又是一颗微粒

（原载《诗潮》2020年第3期）

变成机器人该有多好

◎潘洗尘

这几年不停地
在各种医学仪器中穿梭
我觉得
自己就要和这些器械
融为一体了

今天在磁共振
刺耳的噪音中我想
如果真的就变成
一个机器人
该有多好
不再有那么复杂的
人体结构
不再有肝胆脾胃肾
甚至也没有喜怒哀乐
最重要的是
从此就只剩下一副
铁石心肠

（原载《青春》2020年第10期）

又过归州

◎谢克强

车子一晃而过
待我缓缓回过头来
归州已经远了
渐行渐远的归州
让我耿耿于怀

那年　橘色的阳光
在小镇的石板路上走动
走在橘色阳光的芒上
你引领我如注的目光
带着泥土的灼热
阅读小镇风情

不想我抑扬顿挫的目光
停在你低垂的睫毛上
你眼里漾动的碧波
如阳光的芒　刹那间
宁静了我的躁动

如今　又过归州
望不见你阳光下的影子
在昔日离别的码头
除了一川江水一条渡船
谁为我的记忆作证

其实　路过一个地方
就是路过一段往事

（原载《鸭绿江》2020年5月上）

好看的鸟

◎柳　沄

阳光强烈的晌午
一只好看的鸟
突然出现在一棵
无精打采的树上

那只鸟我从未见过
树却是每天都会看到的槐树

它不叫的时候
比它叫起来还要好看
它从一个枝头蹿向另一个枝头
使众多的名词
随之成为了动词

我瞧着它
站在敞开的北窗前
我像瞧着一只由羽毛扎成的毽子那样
继续瞧着它
直到它更像一只
快乐的毽子

而那样
无精打采的槐树
只能是槐树

（原载《诗潮》2020年第5期）

藏匿者怎样像一个陌生人藏匿自己

◎阎　安

蓝蝴蝶和它无用的蓝
在向着黑暗的飞翔中消失
一颗碎裂的星星和它遗落在陨石中的风
在近乎无用的内在的吹拂中消失
树叶寂静于空茫之中
月亮隐匿于
比白哗哗的旷野更加空茫的空茫中

紧随着一个异人行走的方向
秘密的迁徙者是一只蜘蛛
很多人堆积在大路口
离而又去变动不居的地方
墙壁像帷幕也像帐篷的地方
仿佛挂在幕墙上的一幅怪物草图
你再也见不到蜘蛛的身影
你认识的人都是陌生人
异乡人 蜘蛛一样不受约束的狂徒
他们带着幻影般精确的阴郁气质
仿佛藏匿者一样来自外地

（原载《星星》2020年4月中旬刊）

用不着风吹草就低了

◎刘向东

草芽小心地抱住自己
等待地缝儿等待天机

用不着风吹草就低了
生来就带着风的姿势

你把雪花儿别在头上
我把露珠儿揽在怀里

无所谓生也无所谓死
要只要一秋好风好雨

（原载《鸭绿江·华夏诗歌》2020年第4期）

老了，不演戏了

◎木　斧

曾经在铺满红地毯的舞台上
撩袍揣带，脚蹬高靴
疯狂地跑了一圈又一圈圆场
雷动般的掌声
撑起了我狂妄的亮相

这样的日子永远不会来了
可是我走在坑坑洼洼的小路上
我在昏晕之中感到它又来了
这是我年轻时候扮演老头的姿态呢
还是我现在跌跌撞撞的模样

（原载《星星》2020年1月上旬刊）

海 浪

◎杨 克

海浪啊
仿佛月光的手指弹拨大海的琴弦
巨大的音箱分贝无限

海浪啊
潜鲲在渊扇动奇大无比的翅膀
白色的羽毛一亮一闪

海浪啊
大海的嘴唇嚅动，张开
时而喃喃细语，时而疾呼高喊

海浪啊
呼出鱼的气息，海藻的气息
沉船木和铜绿铁锈的枯涩气息

海浪啊
大朵大朵的昙花，瞬间凋谢
又永续律动，无休无止

海浪啊
一颗沙粒越过万顷波涛千年沧桑
亲吻我的脚踝，我浑身战栗

（原载《长江文艺》2020年1月上）

大自然给了我飞的翅膀

◎杨志学

在草原，大自然
不仅滋生了我飞的想往
而且让我生出了飞翔的翅膀

那一瞬间，我就那么一跳
真的就觉得身轻如燕
上下翻飞，像有了特异功能一样

一下子飞升到了高空
看到了另一座山
另一片草地上的牛和羊
以及比无边草原更远的远方

尽管，我的日常状态
是行走在大地之上
但我也庆幸和惊讶自己
在特殊情境之下，竟然能够展翅飞翔

（原载《上海文学》2020年第4期）

而我们……

◎吉狄马加

诗歌，或许就是最古老的艺术
伴随人类的时光已经十分久远
哦，诗人，并不是一个职业
因为他不能在生命与火焰之间
依靠出卖语言的珍珠糊口
在这个智能技术正在开始
并逐渐支配人类生活的时代
据说机器人的诗歌在不久
将会替代今天所有的诗人
不，我不这样看！这似乎太武断
诗人之所以还能存活到现在
那是因为他的诗来自灵魂
每一句都是生命呼吸的搏动
更不是通过程序伪造的情感
就是诅咒也充满了切肤的疼痛
然而，诗人，我并不惧怕机器人
但是我担心，真的有那么一天
当我们面对暴力、邪恶和不公平
却只能报以沉默，没有发出声音
对那些遭遇战争、灾难、不幸的人们

没有应有的同情并伸出宝贵的援手
再也不能将正义和爱情的诗句
从我们灵魂的最深处呼之欲出

而我们，都成了机器人

2019年10月20日

（原载《诗歌月刊》2020年第1期）

野 草

◎陈应松

这个季节。野草
没有谁告诉它们应当怎样生长
没有谁告诉它们应当怎样死亡
它们自己
比人类优美，优雅。站有站相
一棵野草，一生的优雅和安静

（原载《山花》2020年第10期）

酒，或别的什么

◎林　白

我以为我抓住了
跟酒接近的某种东西
可以含在嘴里
含着，就能到达
全部的细胞神经

比酒更高
但仰望的星星
也并不是它

我觉得它也在水里
但从来不是鱼
可能是树
满身闪闪发亮的叶子

它甘甜
这点略胜酒一筹
许多年的光阴浓缩在一瞬
它更是醇厚的

这个春天我迷醉而振拔
因为它骤然而至

（原载《山花》2020年第10期）

密林之春

◎鲁　羊

说不定，我的体内是一座密林
它有它自己的季节
有时摆出完全独立的孤寒姿态
似乎与外界无关
有一天，那些从不知名处迁徙而来的鸟儿
灵巧地由其中一枝树梢跃向另一枝树梢
带着轻微的弹性
那些鸟儿的每一次跳跃
都让整座密林发出一阵震颤
好像有无数根纤细的神经
刹那间恢复了最正确的连接方式
整座密林不再僵硬、滞重
潮湿幽深的地方也瞬间洒下细碎闪耀的阳光
这座曾经冰雪覆盖，无声无息的密林
也就在刹那间迎来了它的春天
那些神奇的鸟儿每次跳跃之时
都会大声鸣叫，互相对话
一点也不在乎其中有什么秘密泄漏出来

（原载《青春》2020年第5期）

栗原小卷

◎吴晨骏

时光匆匆
又是一天早晨
刷牙时
我看向厨房外杂乱的树
昨夜入睡前的痛苦
在我脑间闪了闪
我愣了一秒
随后
我立即投入今天的生活
洗过脸，我下楼
来到小树林里
坐在长椅上
打开手机
看了看罗辑发过来的
栗原小卷的照片

（原载《诗潮》2020年第5期）

痒

◎黄孝阳

世界一片寂静，潮水反复响起
天空的蓝，在远方，轻轻拍打了一下地球

光影不再晃动
在这山冈上。我是这世上所有的山冈

鸟的羽毛掠过脸颊
我想起曾经的，与即将逝去的遗忘
一种微微的痒

（原载《鸭绿江》2020年9月上）

故地重游

◎春　树

注定被浪费的景色是那么美
白天鹅游弋在湖中
湖边的长椅上
坐着两个郁郁寡欢的人
路过的人们啊
我一眼就能看出你们的落寞
谁叫我们都这样呢
拥有无限的美景
还这么无情

（原载《作品》2020年第8期）

好人的一天

◎文　珍

一个好人的一天
不应当说太多话
大部分言语都是无效的
不该轻信任何人
并不因为自以为好
就值得被爱。更难的是了解
不应当太热情地横冲直撞
醒悟后又沮丧得过于久
不可对自己放弃怀疑
不应当感同身受
导致温度忽高忽低
变压器易坏
它太便宜。这不好

（原载《文学港》2020年第1期）

距 离

◎孟小书

独坐在空旷无人的广场边
我与无数个自己紧挨着
我们的边界
是自己的皮肤和肩膀
彼此的距离是他者
也是自己

（原载《山花》2020年第10期）

我的来历

◎黄　梵

我出生在阳光慷慨的兰州
总看见太阳像纤夫，拉着干净的孤云
黄河是风沙拉开的一道拉链
让我窥见黄河水的佝偻命运

刀子一样的风沙，割走了七岁以前的日子
拜神一样的口音，到了南方却无处安放

我回到南方，是父母的人生出了故障
从此我听出，所有的雨声都有歌词

课本，令我的方言有了标准口音
奶奶的戒尺，总在我屁股上写下红肿的处方
逼我找老师抓药——
道道青痕，是未来收的租子

整整九年的上课钟声
后来浇灌了我的一生
没有戒尺的往事，已不值得回忆——
我曾喊出的那些痛，就像蚌吞入的沙粒
已一一变成珍珠

（原载《扬子江诗刊》2020年第3期）

从火星遥望地球

◎华　清

它飘浮在苍茫的宇宙中
如一粒蓝色的尘埃
孤独的投影已不见于月球
——比它更小的兄弟在哪儿

这会儿天色已晚，夕阳黯了下去
一颗史前的草籽在谁的脸上滚动
它看见他拼命想抓牢它
生怕它飞离，他那过于苍老的面容

（原载《作家》2020年第6期）

地面之下的事物

◎霍俊明

一个个橡实掉下来
整个秋天
这些声响可以被忽略

花栗鼠从洞中带着黑暗上来
两只小手把一个橡实塞进嘴巴的左侧
再将一个橡实塞进嘴的右侧
它又抱起一个橡实
似乎有人看到了它
片刻的迟疑
橡实又塞进嘴里

转眼它已不见
带着一分钟的阳光
重回黑暗中的小小粮仓
填满，是它整个秋天的动作

它的眼睛曾在橡树下寂静地闪亮
那更加寂静的时刻
那更加厚密的雪
即将缓慢地落下来了

（原载《人民文学》2020年第4期）

摩擦系数

◎张新颖

在纸上写字
我选铅笔　或者钢笔
我用纸的粗糙的反面
我不喜欢正面的光滑和格子线
我讨厌圆珠笔的油腻和顺从

圆珠与硬尖　它们的区别
也许被我放大了　但我没有办法

笔尖在纸面上行走
行行重行行
遇到阻力　发出细微而有力的声响
使写字这件事感觉踏实　是一件事
如果可能　我希望测量
摩擦系数
以及摩擦系数的变化
与好坏的关系

这个从小就有的偏好
无意识渗透弥漫　作用于
我以后几乎所有事情的判断和抉择

（原载《人民文学》2020年第4期）

要说，就把一生抵押上

◎李德武

有些词该把它们像狗一样关在笼子里
比如“明媚的”，它到处叫，表达肤浅的发现
四月是破碎的，花开时当默哀
每一朵牡丹后面都有一个凋谢的灵魂
四月赐予的美加入水银，令人晕眩
春光的嘴里含着有毒的语言
它警告我们不要轻易开口，要说
就把一生抵押上，说出不能篡改之言

（原载《中西诗歌》2020年第2期）

海

◎周　瓒

海，大海，或海洋
枝叶茂密的浪尖
茫无边际的宽广
装在一颗具体的心中
跳动的节拍吻合波涛
它有时接近大而无当的梦幻
有时又使近在眼前的水面
鼓荡着深度神秘的召唤
是啊，它空旷的声音奇妙地
收集着中间的风和大气
无人无物，天水之间
这景色接近一本打开的书
排列着长长的诗行，每一页
没有插图，也没有注释
它的结尾暗示另一首诗的开始

（原载《草堂》2020年第5卷）

写什么

◎木　叶

一种叫做“悲伤”的东西，猩红色，略微
俗气

如晾晒中的、松松垮垮的红裤子

它上面布满时光的斑点，这一点无需我去认同。但是它们都声称自己
绝对独一、无二

好像巴黎、浮桥、乡下的栀子花，从未存在过

罕有的情节，以前曾出现在镇上电影院里。那时候我不知道，它们都是被
　书写出来的，笔
被掌握在灯盏之下

（原载《扬子江诗刊》2020年第3期）

在仿古建筑上安家的鸟雀

◎杨献平

互为所在，好像是真理
它们于暮晚时候
手拉手飞，灰蓝的天宇之上
上弦月的轮廓，仿佛金黄色的人世间
色泽明亮，近乎灵魂
这些鸟雀肯定是有福的
区别于远山的同类
就像现在的人、人群及其构成的世界
其中的隐喻，比现实更为消极
其实也属正常：大地如此广阔
生灵众多
我在对面看着它们
黑黑的剪影，一次次坠落
又弹起，如此情境
由于枝蔓太多，以至于我一句话也不想说

（原载《诗潮》2020年第9期）

八廓街

◎那　萨

路障立了起来，或横在膝盖处
嬉笑的人，无意造伤的人
坐在阴影里，装作虚无

八廓街，用立体切开光的对等
逆行的人，向人群和尘土，践行时光面孔
烟火与痛点，同样会成为火源的按钮

带我穿行巷道的阿佳，带我走了那么久
终没能走进一扇门，收回的空茫
就像初冬的那场雪，齐刷刷地
落满了街角

（原载《民族文学》2020年第4期）

公园前的宇宙站牌

◎曹驭博

赤腹鸫的鸣叫
在落叶骨上吹响

我喜欢他那失败的哑音
叶子循着他离去
像一艘绿火箭

喜欢天空的家伙
也会喜欢宇宙吧

相较于他
我是一个巨人

——惊恐的黑色星球

他松开了影子
掉进天空的深渊里

我动也不动
经历他的宇宙

（原载《两岸诗》2020年第6期）

秩 序

◎卓玛木初

那么多花朵
都大张旗鼓地开了
却没有闹哄哄的样子

黄昏里
佝偻的老喇嘛，长着一张
褶皱却温暖的脸
手里的念珠已经发亮了

他的身后，归栏的牛羊
排成了一条直线
缓缓移动，不紧不慢
走进了落日——

在热尔大坝草原
万物各安天命，就连风
也遵守着古老的法度

（原载《星星》2020年9月上旬刊）

向着春天歌唱

◎姚　风

时间并不公平，虽然每一天
我都用二十四小时度过
有时度日如年，有时白驹过隙
但大多数时日平庸、贫瘠
毫无意义，消耗着粮食和空气
我做过摆脱平庸的种种努力
做过各种实验，尝试从时间中提炼
一点点白银
我坚守信条，拒绝黑夜的载重卡车
把我运往垃圾填埋场
也曾努力思考，向失眠支取更多的时间
我为保存词语的闪电、血液的喧响
用头盖骨刻下甲骨文的记录
我日日洗涤身心，努力用真实的舌头
让每一句说出的话都忘记谎言
是啊，我不想庸常度日
我用黑夜练习拥抱，我可以把沙漠装进沙漏，但绝不让骆驼学习游泳
为了爱一个人，我要鼓足勇气
站在晨露的阳台上，向着春天歌唱
为了爱一个国家，我用大海不羁的浪涛
说出我的思想
我要用心的天平，称量
度过的每一年、每一天、每一秒

（原载《两岸诗》2020年第5期）

苏笑嫣

◎苏笑嫣

名字　一种代表和指向　进而成为规定
但它不是我　它也许是我体内的
另一种虚空

过去的岁月在记忆中生长
并缓缓改变或隐去样貌
当我怀疑
也许我是一个接受了许多记忆的
别的人

如果扔掉坐标　在时间的最初
成为一个新生儿
另一个人会再次成为这个名字

我对我的陌生就像
看着一个熟悉的简单汉字
但突然觉得它不像

（原载《广西文学》2020年第5期）

敬　告

辽宁人民出版社“太阳鸟文学年选”系列已经出版了二十二辑，从第二十三辑开始，书名中的“最佳”字样正式改为“精选”，但内容的品质不变，希望读者朋友们一如既往地支持我们。

由于编选时间仓促、工作量大，未能及时与所选作者一一取得联系，请见谅。现仍有部分作者地址不详，为及时奉上稿酬和样书，请有关作者与责任编辑高丹联系，我们将尽快为您办理，谢谢您的理解和支持。

联系方式：

电话：024—23284306

E-mail：12274210@qq.com

微信号：15640369577

辽宁人民出版社

2021年1月